스마일 화가와
시크한 고양이의

청춘만담

스마일 화가와
시크한 고양이의

청춘만담

이목을 지음

맥스 *media*

일러두기

'삘'과 같은 외래어는 말맛을 잘 전달하기 위해 외래어 표기법을 따르지 않고 지은이의 표현을 그대로 사용했습니다.
'꾸리한'과 같은 은어와 '앉아보소'와 같은 사투리는 지은이의 음성 지원을 위해 그대로 표기하였습니다.

똑똑 거기 있나요? 준비됐어요?
뭐, 잃어버린 건 없나요? 뭐, 두고 온 건 없겠죠?
혹시, 지금 뒤돌아보고 있나요?

잘 가고 있는 건 맞겠죠?

청춘이란 이름으로 불리는 그대들,
'목을 스페이스'로 같이 떠나요! 단, 조건이 있어요.

지금부터 대책 없이 smile!

CONTENTS

탑 승 ××××××××××××

첫 만 남

×××

시간은 봄을 달리고 있는데, 살갗에 닿는 온도는 아직도 겨울이었어요. 선생님을 만나러 간 3월은 곳곳에 돋아난 새싹들도, 빼꼼히 고개를 내민 나뭇잎들도 아직 자신만만하기에는 부끄러운 계절이었죠. 공기는 찼어요. 희뿌연 입김이 눈앞의 집을 반투명하게 가리고 있었지요. 곧, 이글루 같은 하얀 집이 거대한 자태를 뽐내며 서서히 실체를 드러냈어요. 집 위에는 'space 木乙(목을)'이라는 글씨가 삐뚤삐뚤하게, 그러나 제법 멋을 내어 자리 잡고 있었죠.

어디를 눌러야 하지?

이게 초인종인가?

문이 살짝 열려 있었지만, 들어가는 방법을 잊고 있
었어요. 편집자로서 작가를 만나러 가는 길은 언제
나 긴장되고 떨리기 마련이거든요.
'어떤 사람일까' 궁금하기보다는 '어떻게 보일까'가
앞서 걱정이 되지요.

툭툭툭

투박하게 문을 두들겼어요. 스르르 문이 열리고,
저는 그 비밀스러운 공간으로 들어섰지요.
실체를 드러낸 그곳은 자연광으로 한껏 분위기를
가다듬은 공간, 온 천지에 하얀 벽이 빛과 빛으로
반사되어 반짝이는 공간이었어요. 그 속에 개구쟁
이처럼 웃는 사람이 있었지요.

앉아보소.

웃음과 잘 어울리는 사투리가 들려왔어요.
제가 쭈뼛쭈뼛 자리에 앉으니 선생님은 익숙하게
종이를 꺼내 명함을 그렸죠.

여자라서 옵션이 있어요.

옵션이요? 그게 뭔가요?

전 순간 얼음. 그때는 짓궂은 얼굴로 하하거리며 웃
는 선생님께 아무 말도 못했지만요. 이제는 한마디
해야겠어요.
선생님, 아직 젊고 어여쁜 처자에게 그런 말을 하는
건 매우 실례랍니다.

왜 체셔냐고요? 「이상한 나라의 앨리스」에서 갑자
기 나타났다가 뜬금없는 말만 남기고 사라지는 그
고양이 체셔 말이에요. 어딘가 음흉하고 호기심으
로 반짝거리는 눈빛이 꼭 저와 닮았죠!
그럼 앞으로 잘 부탁드립니다. 미리 얘기해두지만
요, 제 편지가 귀찮을지도 몰라요. 제가 궁금한 게
무지무지 많거든요. 아, 계속 선생님이라고 불러도
되겠지요?

체셔라고?
거, 이름 참 얄궂네

×××

문밖에서 인기척이 들렸어.

맨발에 슬리퍼를 질질 끌고 가서 문을 열었지. 내
작업실 앞에 웬 낯선 여자가 서 있더라고. 밀가루를
뒤집어쓴 듯 하얀 여자가 출판사에서 온 체셔라고
자기를 소개했어.

들으면서 이름 참 얄궂다 했지.

나도 체셔의 첫인상을 얘기해볼까?

잘 웃지도 않고, 꼭 고양이처럼 생겨가지고 결코 친
해지기 어렵게 생겼더라고.

툭 까놓고 얘기하자면……,

밥맛없었어.

표정도 떨떠름하고, 편치 않았어. 뭔가 생뚱한 것이
요상했지. 하여간 첫인상은 그리 좋지 않았어.
그런데 말이야. 밥도 계속 씹으면 달짝지근하잖아?
이상하더라. 자꾸 이야기하고 보니 괜찮더라고. 농
담도 안 하게 생겼는데 '툭' 던지기도 하고, 점점 웃
음도 활짝 핀 꽃처럼 환해졌지. 웃음소리는 또 얼마
나 크던지.

나도 부탁 하나 하자. 선생님이라는 호칭은 너무 흔
하고 늙어 보이니 '캡틴 스마일'이라고 불러줘.
내가 스마일을 그리는 화가잖아?

그런데 체셔, 몇 살이냐?
가만히 보니 애어른 같은데…….

가 장
설 렜 던 순 간

xxx

캡틴 스마일, 이제야 제 나이를 밝히네요.

체셔는 스물여섯 살이에요.

봄맞이 인사처럼 바람이 살랑살랑하네요. 봄바람 때문이지 '설렘'이라는 단어가 떠올랐어요. 그래서 오늘은 부끄럽지만 가장 뜨거웠던 순간에 대해 얘기해보려고 합니다.

설렘은 코끝을 강아지풀로 살살 긁는 것처럼 간지러운 건데 왜 가장 뜨거운 순간이냐고 물으시겠죠?

하지만 전 그런 것 같아요. 설렘은 사랑의 시작이자, 어느 한순간 사라져버릴지도 모르는 시한부 감정이랄까요. 그래서 가장 뜨거운 순간이라고 생각했답니다. 누구나 가끔 이런 말을 하잖아요.

저의 가장 설렜던 순간을 고백하자면요.
제 첫 연애는 스무 살에 시작되었어요. 그 남자는
키도 작고 얼굴도 못생겨서 시커먼 감자 같았어요.
게다가 나이도 저보다 일곱 살이나 많았지요. 그 남
자와의 시작은 이랬어요.
비 오는 날 학교 후문에 있는 막걸리집이었죠. 커다
란 창문을 배경으로 두고 사람들이 옹기종기 모여
서 파전을 먹고 있었어요. 학교 선후배들은 여느 때
처럼 과제나 교수님 얘기를 하며 깔깔거리고 있었
죠. 저도 막걸리 한잔에 약간 취기가 올라 볼이 빨
개져 있었어요.

잠시 화장실을 다녀와서 의자에 앉았는데, 그때 제
발밑으로 누군가의 발이 '톡' 하고 말을 걸어오는 거
예요.

저는 맞은편에 앉은 남자를 바라보았어요.
눈이 마주쳤지요. 평소에 '나이 많고 감자같이 생긴
아저씨'라고 생각했던 선배가 웃고 있었어요. 순간
배경을 아웃포커싱 한 것처럼 제 눈에는 그 사람만

또렷이 보였어요. 그의 미소와 반짝거리는 눈빛에 빨려 들어갈 것만 같았죠.

그 기분을 뭐라고 설명해야 할까요?

다시 생각해도 설렘 말고는 뭐라 표현할 수가 없네요. 벌써 오래된 얘기지만 그때를 생각하면 저절로 웃음이 번져요.

설레는 순간들은 그런 거겠죠?
그냥 웃을 수 있는 거요.

캡틴, 제 얘기를 솔직하게 털어놓았으니 이제는 물어봐도 되겠지요?

캡틴은 언제가 가장 설레는 순간이었어요?

(소곤소곤, 첫사랑 얘기를 들려줘도 된답니다.)

될 듯, 말 듯,
줄 듯, 말 듯

XXX

설렘이라는 건 살아 있다는 증거다.

될 듯, 말 듯, 줄 듯, 말 듯.

나는 아직도 A에서부터 Z까지 모든 것에 설레. 사
소하거나, 그렇지 않거나 존재하는 모든것에 설레
지. 막 시작된 연애처럼 가슴이 터질 듯 뛴단 말이
야. 이런 나를 사람들이 이상하다 하면 할 말은
없어.

요즘은 작업실 앞마당에서 하루가 다르게 쭉쭉 자
라는 토끼풀에 설레. 부엌데기 아줌마처럼 쭈그리
고 앉아서 온종일 그것만 보고 있어도 가슴이 뛰
지. 남들은 꽃도 아닌 잡초가 뭐 그리 좋아서 보고
있냐고 묻지만 내게는 특별해. 토끼풀이 제 영역을

넓혀가는 걸 보면 생명 줄을 꽈악 붙잡고 있는 듯한
느낌을 받지. 설레는 것도 그런 거 아니겠어?

설레지 않는다면 불행한 삶을 살고 있거나 하품 나
는 생이겠지. 숨만 붙어 있는 목숨, 사랑한다고 말
도 못하는 입술과 다를 바 없어.

내게 그림 그리는 일은 한 사람과 사귀는 일, 연애
하는 일이라고 굳게 믿고 있어. 나는 화가이고, 캔
버스는 나와 사랑을 나눌 대상이지.

출 근 길

xxx

앞사람의 숨결이 내 이마에 닿고,

두 발이 간신히 땅에 붙어

무릎이 파르르 떨리는

그 순간.

그래요, 캡틴.

저는 오늘 출근 시간에 사람들이 최고로 많다는 2호
선 지옥철에 탔어요. 뒷사람의 거북이 등짝 같은 큰
배낭에 밀려 짜증이 나고, 앞사람의 뜨거운 숨결이
답답하게 느껴지는 순간이었죠.

아침은 늘 정신없어요.
시끄럽게 울리는 알람 소리에 어차피 일어날 거면서

도 괜히 한번 어디 아프지 않나, 스스로 이마에 손
을 대봐요. 그리고 여전히 울리는 알람 소리에 한숨
을 쉬며 겨우 일어나죠.

아, 또다시 하루가 시작되었구나.
밤은 왜 이렇게 빨리 지나갈까.

투덜대면서 화장실로 들어가요.
비몽사몽으로 머리부터 감죠. 가끔은 샴푸를 헹궜
는지, 린스를 헹궜는지 헷갈려서 두 번이나 린스를
할 때도 있어요. 그러면 그날 오후는 분명 머리를
감았는데 왜 이렇게 떡이 지지, 하는 생각이 들죠.
아침은 당연히 거르지만, 그 와중에도 제2의 눈인
아이라인은 심혈을 기울여 그려요. 립스틱은 그날
의 코디에 따라 달라지죠. 마지막으로 하이힐에 올
라서면 오늘의 가장 중요한 아침 미션은 끝났다는
듯 가뿐하게 집을 나섭니다.

하지만 '지옥철'과 맞닥뜨리는 순간, 상큼함은 사라
지고 눈 밑에서 다크서클이 오로라처럼 뿜어 나오
기 시작해요.

지하철에 서 있는 사람들은 호시탐탐 빈자리를 노
리기 바쁘고, 앉아 있는 사람들은 피곤에 절어서

꾸벅꾸벅 졸고 있어요. 근근이 가방에서 화장품을
꺼내 바르는 여자들도 보여요.
이렇게 답답한 공기 속에서 한참 짜증을 내다가,

캡틴 스마일의 출근은 어떤가요?
평범한 회사원의 출근길을 늘어놓다 보니, 화가의
출근이 궁금해지네요. 특별한 출근이 상상되는데
기대해도 될까요?

예 열 하 는 시 간

×××

사실, 나도 규칙적인 출퇴근을 하지. 나 혼자서.
감시하는 사람이 없을 뿐.
화가 이목을만의 방식으로. 궁금해? 알려줘?

기본적인 패턴은 이렇지.
우선 새벽에 일어나자마자 숲에서 오줌을 갈겨. 그
러면 '쏴아' 하고 미루나무 꼭대기를 지나가는 바람
소리가 나지. 새벽 기운을 맞으며 숲에 소변을 보면
기분이 아주 좋아. 체셔도 꼭 경험해봐.
비우고 나면 또 채워야 하나 봐. 상쾌한 기분으로
아침을 먹지. 오늘 하루도 잘 부탁한다고 속을 달래
는 거야. 그리고 이 길, 저 산으로 빌빌대며 쏘다니
는 거지.

세련되게 말하면 산책!

걷다 보면 해야 할 일들이 정리가 되고 흐트러졌던 정신에 슬슬 시동이 걸려.

그렇게 몸을 예열하고 나서 열한 시쯤 그림을 그리기 시작해. 그러면 하루가 째깍째깍 신 나게 지나가지.

게으르고 막연하게 사는 사람들이 숱하다.

사람은 나약하기 때문이다.

혼자다 싶으면 시간이 자기 거라 생각하고 막 쓴다.

그러면 생명은 생기지 않는다.

그렇다고 시간과 계획에 속박당하는 건 금물!

청도에 작업실이 있던 시절, 농부들을 보고 많이 부끄러웠어. 누가 시키는 것도 아닌데 새벽에 일어나 논밭에 나가는 거야. 그때까지만 해도 나는 '그림 그리는 사람이다.' 하며 한가로이 살았거든. 무슨 특권이라도 누리듯 자유인을 내세우며 산 거지.

그런데 체셔, 자유에는 항상 자기 책임이 따르는 거야. 그 책임을 잘 견디면 하나의 계단이 만들어지거든. 그 계단이 중요하지. 시간을 잘 쓰면 계단이 쌓이고 쌓이는 거야. 그러면 내 세계가 만들어지는 거고!

시간을 제대로 써.

인생이 너에게 준 한정된 시간을.

예 찬 !
I like it!

×××

캡틴, 오늘 기분 어때요?
때때로 기분은 어떤 인과관계를 상관하지 않아요.

갑자기,

뜬금없이,

이유도 모른 채,

마음대로,

제멋대로

라는 말과 잘 어울리죠.
그래서 사람들은 저마다 나름대로 기분을 통제하
는 방법을 갖고 있어요. 저도 기분이 울적할 때 나
름의 방법을 쓰지요. 물론 기분이 좋은 날은 제멋대

로 흘러가게 놔둔답니다.

캡틴도 이유 없이 울적한 날, 이 방법 한번 써보는
건 어때요?
가만히 앉아서 모든 생각을 잠재우고, 머릿속에는
온통 좋아하는 것들만 떠올리는 거예요.
이렇게요.

나는 고양이의 '골골송'을 좋아해요(고양이들은 기분
이 좋을 때 특유의 골골 소리를 내요.). 고양이가 곁에
서 골골거리면 내가 누군가를 행복하게 만들었다는
생각이 들어서 기분이 좋아져요.
아! 고양이를 바라보고 있으니 '동화'도 생각나네
요. 저는 동화를 좋아해요. 동화 속 동물들은 말도
하고, 목욕도 할 줄 알잖아요. 우리 집 고양이가 혼
자 목욕을 할 줄 안다면 얼마나 좋을까요.
캡틴, 저는 고소한 냄새가 나는 '빵집'도 좋아해요.
폭신폭신한 빵을 구경하고 있으면, 베이킹파우더에
빵이 부풀어 오르는 것처럼 제 마음도 풍요로워지
는 것 같아요.
빵을 생각하고 있으니, '허니브레드'도 생각나네요.
캐러멜 시럽을 듬뿍 뿌리고, 하얀 생크림을 칭칭 감
아 올린 허니브레드요! 먹으면 모두 살이 되는 것
같은 느낌이지만요, 그만큼 행복도 충전되는 거 같

아요!

음, 저는 초록색 '바질소스'도 좋아해요. 먹고 있으면, 쌈싸름하면서도 입에 착 감기는 게 꼭 슈렉소스 맛 같아요. 슈렉소스는 무슨 맛이냐고요? 바질소스를 먹어보면 알게 될 거예요.

초록을 떠올리니, '민트아메리카노'도 생각나네요. 민트아메리카노를 마시면 커피콩이 머리까지 올라가는 순간! 서서히 민트가 퍼져 머릿속이 온통 초록색이 되어버릴 것만 같아요.

멜랑꼴리했던 정신이 초록색의 이질감에 말짱 깨어나는 느낌이에요.

그 느낌이 좋아요!

I like it!

나만 좋으면 OK!

×××

우울할 때 좋아하는 걸 생각한다고?
그거 괜찮은 방법인데, 체셔!

나이별로 살아야 할 세계가 있다.
그러니, 너는
너의 매 시절을 뜨겁게 살아라.
좋아하는 것들을 마음껏 즐겨라.

좋은 것도 시절에 따라 변한다. 오랫동안 차를 즐겼
던 나는 이제 커피가 좋다. 그 쓴맛에 자꾸만 끌려.
나는 커피에 사로잡히고 말았다. 화가가 되겠다고
미친 듯이 그림을 그렸던 20대의 날들처럼.

내가 촌놈처럼 생기긴 했지만 미국 본토에서 커피를
배웠다. 아니야! 정확하게 말하자면 커피가 내게로
자연스럽게, 저절로 왔다고 할 수 있어.

그렇다고 그냥 오는 건 아니야. 성급하게 요구한다
고 오는 게 아니라 기다림의 시간이 필요하지.
미국 뉴욕에서 지낼 때, 차를 한 아름 가지고 갔어.
그런데 뉴욕 사람들이 얼마나 좋아하는지 금세 바
닥이 나고 만 거야. 그래서 스타벅스를 찾았고 커피
에 입문하게 되었지.
진한 아메리카노를 마시며 나는 뉴요커가 된 거야!
신기하지, 지금은 커피 없으면 못 살아.
체셔, 언제 시간 되면 아메리카노나 한잔할까?

옛날에는 골동품 같은 오래된 물건을 좋아했다. 구
제품, 이월품, 남들이 입었던 옷도 상관없어. 아프
리카에서 가져온 골동품도 있을 정도야. 여행을 가
면 꼭 골동품이나 아기자기한 피규어를 사와. 이상
하게 물건은 그렇더라. 새것은 싫어. 사람이나 장소
는 새것이 좋은데 말이야.

내 작품도 그랬던 것 같아. 그림을 그리려고 종이 대
신 낡디낡은 그릇과 도마를 찾아다녔지. 누군가의
손때 묻은 물건에 새로운 존재를 각인시키는 거.
그것들이 묘하게 어울리는 모습이 좋았어.

그런데 지금은 골동품을 모으지 않아.
자연이 좋아. 이름 모를 풀과 야생화들, 새와 물, 바
람과 돌, 나무들……
체셔, 내가 좋아하는 것들이 좀 심심하지?
괜찮아, 나만 좋으면 OK!

친구 사귀기 쉬워요?

×××

출근길에 전철 환승 통로는 철새 도래지를 떠올리게 할 만큼 사람들이 우글거려요. 그곳에 자주 가는 커피집이 있어요. 매일 아침 들르다 보니, 주인아저씨와 몇 마디씩 얘기를 나누는 사이가 되었지요. 그 아저씨는 매우 친절하고 수다쟁이였어요.

처음엔 커피를 주문하면서 어쩌다 오가는 대화들이 즐거웠지만, 시간이 지날수록 제가 억지로 웃어야 한다는 사실이 갑갑하게 느껴졌어요. 그래서 언젠가부터 데면데면 얘기를 하게 되었죠.

어느 날도 환승 통로에서 그곳으로 자연스럽게 발길을 옮겼어요. 저는 녹음된 카세트처럼 "아메리카노요."라고 말을 했죠. 아저씨는 돈은 됐다며 커피를 내렸고, 제 옆으로 외국인 한 명이 다가왔어요.

"Can I oder now? A cup of americano please."
그러자 주인아저씨는 "Today is Sunday. today is holiday." 이렇게 말하는 것이었어요. 그러자 외국인은 의문스럽게 저를 쳐다보았고, 아저씨는 "She is my friend."라고 얘기했어요.
그랬어요. 그날은 휴일이었고, 아저씨는 가게를 열어놓고 청소를 하고 있었던 거예요.

She is my friend.
그 말이 귓속에 들어와 마음을 울렸어요.
제 어깨를 툭툭 치는 느낌이었죠.

그날 저는 커피집 아저씨와 친구가 되었어요. 아저씨가 건넨 맛있는 아메리카노 한 잔을 손에 들고 자꾸만 뒤를 돌아보게 되는 일요일 오후였어요.

그날따라 햇볕이 참 따뜻하다고 느낀 것은
커피집 아저씨의 한마디 때문이었을까요?

캡틴, 나이가 들면서 '친구는 어떻게 사귀는 거지?'라는 생각이 들 때가 많아요. 어렸을 땐 자연스러웠던 일이 언젠가부터 낯설게 느껴져요. '이제 누군가와 친구가 될 수 있을까?'라는 생각이 들 때도 있어요. 캡틴은 친구 사귀기 쉬워요?

뭘 줄까,
고민하는 것

XOXOX

뭘 줄까 고민하는 관계가 친구이다.
뭘 받아야 하나 생각하는 건
비즈니스 관계다.

솔직히 말하면, 내겐 친구가 많지 않아.
어릴 적부터 혼자 지내며 나를 찾아다니던 습관 때
문이지. 그렇다고 굳이 바꾸고 싶다는 생각은 없어.
진짜 친구가 없다는 건 아니니까.

좋은 와인은 오래 숙성해야 맛이 좋듯
맛 좋은 친구도 오래 보아야 알 수 있다.
단 한 명이라도 열 명과도 바꾸지 않을 만큼
좋은 친구면 된다.

겉보기에는 일차원적인 그림에서 그 이상의 사유가
존재하는 것처럼, 진짜 친구와는 보이지 않는 세계
가 있어. 난 그 세계를 느끼고, 절대적으로 믿지.
진짜 친구끼리는 궁극적으로 얘기하고자 하는 건
드러나지 않아.

체서, 좋은 친구 사귀고 싶지?
좋은 사람을 사귀려면 상대방이 좋은지 아닌지 따
지는 것부터 버려야 해.
누군가를 사귀는 일은 결국 마음의 문제.

언제가 알게 되었어. 내가 타인을 기대하기보다는
그들이 기대하는 나를 보여주자. 그렇게 생각하고
난 후에는 누군가에게 실망하지 않아. 그들이 실망
하지 않을 나를 보여주면 되니까. 내 욕심을 버리니
까 관계도 쉽더라.

체셔도 비워. 왕창 버려. 마음에 웅크리고 있는 관
계에 관한 욕심을. 주변에 사람 많은 것이 최고는
아니까.

많지는 않지만 알토란 같은 관계도 괜찮지 않아?

꿈 이 란
뭘 까 요 ?

×××

이상한 나라의 앨리스가 물었어요.
"난 어느 길로 가야 되는지 묻고 싶었어."
체셔가 대답했어요.
"그야 네가 어딜 가고 싶으냐에 달렸지."

캡틴, 저는 이 대목에서 꿈이란 단어가 떠올랐어요. 꿈이란 뭘까요?
꿈은 내가 어디로 가야 하는지 알려주는 나침반일까요. 꿈은 내 마음대로 꿀 수 있는 꿈일까요.

'꿈을 좇지 않는 인생이란 채소나 다름없다.'라는 말이 있어요. 영화에서 나온 말인데, 꿈이 없는 사람은 무의미하게 키가 크는 채소와 같다는 얘기였어요. 무라카미 하루키는 채소도 채소 나름 기분과 사정이 있을 거라고 얘기했지만요. 그렇다면!

채소에게도 꿈이 있을까요?
양배추는 좀 더 풍성해져서 허리통이 커지는 게 꿈일까요. 토마토와 당근은 좀 더 빨갛게 익어서 1등급 AA 채소가 되는 게 꿈일까요.

동물에게도 꿈이 있지 않을까요?
코끼리는 코가 더 길어져서 음식을 많이 집을 수 있는 게 꿈일지도 몰라요. 뱀은 계절마다 허물벗기를 잘해서 온몸을 예쁜 비단으로 치장하는 게 꿈일지도요. 아, 너무 제 관점에서만 생각했나요?
사실 꼭 무엇을 잘하는 게 꿈이 아닐지도 몰라요. 어쩌면 코끼리는 뒷태가 좀 더 섹시해져서, 사진작가의 멋진 모델이 되는 게 꿈일지도요. 하루살이는 수명이 길어져서 일주일을 사는 게 꿈일지도 몰라요. 바퀴벌레는 해충 캐릭터를 벗어던지고 우아한 벌레로 거듭나는 게 꿈일지도요.

어렸을 적 제 꿈은 피아노 선생님이었어요. 중학교 때는 연예인이 꿈이었죠. 사람들이 허무맹랑하다고 얘기할까 봐 마음속에만 간직했던 꿈이었어요(아무래도 공주병이었나 봐요.).

고등학교 때는 미술 선생님이 꿈이었고, 대학교 때
는 즐거운 직업을 갖는 게 꿈이었어요. 그리고 또…
… 꿈이 하도 많이 바뀌어서, 모두 나열하려면 밤을
새야 할지도 모르겠네요.

캡틴은 꿈이 뭐였어요?
저처럼 이것저것 바뀌었나요.
지금 저의 꿈은 꿈을 먹고 사는 게 꿈이랍니다.
그럼 대체 제 꿈은 언제 이뤄지는 거죠?
흠…… 캡틴은 꿈을 이루었나요?

꿈꾸는 데
돈 드나?

xxx

꿈은 어이 보면 진짜 꿈이라.
꿈, 잊어버린 지 오래됐다고?
왜들 그래, 꿈꾸는 데 돈 드는 것도 아닌데!

체셔, 나도 이제 나이가 들어 머리가 굵어지니 꿈이
벌써 현실이 되었어. 감사하지.
젊은 친구들이 꿈에 대해 물어오면 나는 이렇게 말
하곤 해.

누가 꿈 값을 내놓으라고 하지 않으니
이왕 꿀 거면 배 터지게 큰 꿈을 꿔.
최대한 크게.

그다음은 꿈을 구체적으로 꿔야 해. 추상적으로만 꿔버리면 실현이 되지 않잖아. 꿈이란 크게 꾸고 구체적으로 실현하는 거지. 나는 어렸을 때부터 그랬던 거 같아. 몇 살 때는 뭐 하고, 몇 살 때는 뭐 해야지. 이게 안될 때 대체 방안도 생각해놓고 말이야.

실패해도 괜찮다.
그렇게 가는 거다.
꿈이라는 큰 나무에서 가지가 나오듯이,
뿅뿅! 얽히고설키는 거지.
가다 보면 나무가 더 풍성해지기도 하고,
아닌 길을 가고 있을 때면 가지치기도 필요하다.

체서, 나의 꿈은 그림 그려서 잘 먹고 잘사는 거였어. 지금쯤 체서는 눈을 똥그랗게 뜨고 "무슨 꿈이 그렇게 시시해요?" 하고 물어보겠지.
그런데 우리나라에서는 예술 하며 잘 먹고 잘살기가 힘들더라. 그래서 그걸 보여주고, 사람들에게 희망을 주는 것이 내 꿈이었지. 후배들이 나를 보면 그런 얘기를 해.

우리도 그렇게 될 수 있나요?

그럼 난 딱 한마디 하지.

뒤돌아서는 '아이고, 힘들어 죽겠다.' 하지만……. 그런데 그게 중요해. 내가 후배들에게 꿈을 이룰 수 있다는 걸 보여주는 것. 그것을 통해 희망을 줄 수 있는 게 얼마나 좋아.

그리고 체셔, 꿈 이루겠다고 너무 바쁘게 살진 마. 대신 열심히 놀아. 사람들이 자꾸 MSG 안 좋다고 하는데, 적당한 MSG는 얼마나 맛있는데.

캡틴은
어른이 되었나요?

xxx

이제 너도 이십 대 중반인데 어른스럽게 행동해야
지. 가끔 이런 말을 들을 때가 있어요. 캡틴은 이런
말 해본 적 있나요?

어른인데, 어른스럽게 해야지.

열일곱, 열여덟에는 스무 살이 되면 어떨까 궁금했
는데 막상 스무 살이 되고 나니 스물다섯이 궁금했
어요. 그때가 되면 드라마의 주인공처럼 하얀 셔츠
소매를 걷고 일하는 당당한 커리어우먼이 되고
싶었죠.
그 나이가 되면 그렇게 돼 있을 거라고 생각했어요.
어려운 일이 닥쳐도 사자 같은 용기를 갖고, 매의 눈

으로 결단을 내릴 수 있을 거라고 생각했죠. 진짜
어른처럼요. 어떤 일이든지 의연하게 받아들이고,
웬만한 이별에는 눈물짓지 않을 수 있을 거라고요.
그런데 어느 날 아침 일어나보니, 거울 속에는 몸만
쑥 커버린 아이가 있었죠.

내가 언제 이렇게 커버렸지?

마음은 어렸을 때 그대로인 것 같은데.
아직도 작은 이별에 마음이 흔들리고, 누군가에게
손잡아 달라고 얘기하고 싶은데 말이에요.

어느 날 쑤욱 커버리면
"이제 다 컸네."라고 말할 수 있는 콩나물처럼,
사람도 그렇게 다 커버린 기준이 있으면
좀 더 쉬울 텐데요.

난 어른이 아닌 것 같은데 자꾸 어른처럼 행동하려
면 힘들잖아요.
캡틴, 우리는 언제 어른이 될 수 있는 걸까요?
캡틴은 어른이 되었나요?

철 들 면
죽 는 다 고　하 잖 아

×××

철들면 죽는다고 하잖아.

난 철 안 들고 싶어.

그러나 어른의 모습을 유지해야지.

그런데 어른이 뭘까?

나도 이 나이 먹도록 어른이란 단어는 여전히 어려
워. 사회의 한 축을 담당하는 50대이고, 사회를 이
끌어가는 한 사람이지만 내가 과연 어른인가 싶을
때가 많아. 남들 앞에서는 어른인 척하지만 사실 난
아직 잘 모르겠어. 나도 어른으로서 사회적 위치와
행동이 힘들 때가 많다고.

어른의 기준은 책임이다.

꼴값한다는 말이 있지. 얼굴값을 못한다는 뜻이지.
어른이면 어른의 격에 맞게 자기 행동과 말에 책임
을 져야지.
책임을 진다는 건 말이야.
자신을 잘 알아야지. 알고서 행동하고 말해야지.
상대방을 배려하며 자신이 뱉은 말을 온전히 감당
할 수 있어야지. 똥폼만 잡는다고 해서 어른이 아니
잖아.

사람들은 대부분 '어른스럽지 않다'와 '애 같다'는
말을 같다고 생각하는데 사실 그렇지 않아. 애 같은
건 순수한 거고, 어른스럽지 않은 건 말 그대로 어
른스럽지 않은 거지. 순수하다고 해서 어른스럽지
않은 건 아냐.

체셔, 아이스러운 어른보다 어른스러운 아이가 되
는 게 더 쉬울 거야. 나도 아직 어른스러운 어른이
되었는지는 잘 모르겠어.
다만 노력할 뿐.
화가로서 내 그림에 온전한 책임을 지려고 애쓰는
거지.

어른은 되는 게 아니다.
시행착오를 옵션으로 달고
거듭나고, 또 거듭나는 하나의 과정이다.

음,
내가 먹고 싶은
이 맛!

×××

오늘 점심에는 새콤달콤한 고추장으로 버무린 비빔
냉면을 먹을까요? 자르는 순간 쫄깃한 치즈가 쫙쫙
늘어나는 빠삭한 치즈 돈까스를 먹을까요?
캡틴은 오늘 점심 뭐 드셨어요?

점심시간이 올 때까지 머릿속에는 온통 메뉴에 대
한 고민으로 가득해요. 오늘은 뭘 먹지? 그러다가
열두 시가 되면 떠오르는 수많은 후보들을 제치고
최종 순위에 오른 음식을 먹으러 가죠.
식당 입구에 도착하면 맛 좋은 음식 냄새가 콧속으
로 솔솔 들어와요. 그 순간부터 음식은 눈앞에 놓
여져 입속으로 들어갈 때까지 엄청난 상상력을
자극하죠.

맛있는 음식을 만드는 데는 여러 가지 요소가 필요해요. 좋은 재료부터 요리사의 레시피와 적절한 센스, 알맞은 조리 시간, 군침 도는 비주얼, 음식과 맞는 환경, 같이 먹는 사람까지.
이 모든 게 적절히 궁합이 맞아야 하지요.
잘 삶은 족발이 꽃무늬가 그려진 사기그릇에 놓여 있다면 맛있어 보이겠어요? 족발은 엄청난 역사와 전통을 자랑할 것 같은 후미진 식당에서 먹어야 제맛 아닐까요?

사람들은 이 모든 조건이 조화로운 음식을 먹을 때, 뼛속 깊은 곳에서 가장 원초적인 쾌락을 느끼며 맛있다는 감탄사를 연발하지요.

그러니, 음식이 예술이 아닐 수가 있나요?

요리는 어쩌면 음식의 한시적인 성격 탓에 예술로 인식되지 않는 건지도 몰라요. 그 자리에 있었던 사람들만 볼 수 있고, 느낄 수 있고, 맛볼 수 있으니까요. 하지만 요리는 그 어떤 예술보다 우리의 욕구를 강력하게 자극하고 만족시켜요. 게다가 음식이라는 예술을 몸으로 섭취하니, 먹는다는 것은 예술과 내가 하나 되는 경이로운 과정 아니겠어요?

캡틴, 저는 새우를 좋아해요. 잘 데친 새우는 적당한 분홍빛을 띠어 맛깔스러운 모습이지요. 새우 껍질을 살살 까서 초고추장에 찍어 먹으면 탱탱한 식감과 고소한 맛은 그야말로 오늘의 기쁨!

음~~~
내가 좋아하는 이 맛. 바로 요거야!

그런데요, 캡틴. 혹시 새우는 바퀴벌레가 진화한 동물이라는 충격적인 속설을 들어봤나요?
자세히 보면 바퀴벌레와 새우는 다리를 비롯해서 비슷한 점이 많대요. 바퀴벌레를 데치면 새우를 데친 것과 같은 맛이 난다는 말도 있어요.

그럼 제가 오늘 먹은 새우는
'바퀴벌레 데친 맛'이란 건가요?

바 로 이 맛 !
캬 , 예 술 이 야

xxx

사실 난 내 입으로 들어가는 건 뭐든지 맛있어서 문제야. 우리가 음식이 맛있으면 '아, 예술이다.' 이러잖아? 나한테는 모든 음식이 그렇지.

바로 이 맛! 캬, 예술이야.

체셔, 내가 오늘 점심 때 먹은 음식의 이름은 '몰라'야. 왜냐면 나도 어떤 음식을 만들었는지 모르거든. 체셔 얘기를 듣고 바퀴벌레 데친 맛이나 좀 느껴볼까 해서 새우를 데쳤지. 근데 새우만 데치면 심심하잖아? 그래서 뽕잎도 좀 넣고, 마당 앞에서 이름 모를 풀도 좀 뜯어서 밥이랑 같이 볶았어.

 어때, 맛이 궁금하지 않아?
사실 토로하자면 내 입은 그렇게 비싸지 않아. 심심하고 귀한 음식보다, 이것저것 섞여 있고 MSG도 왕창 들어간 음식이 내 입에 더 맞지.

MSG가 몹쓸 것이라고 욕을 먹기는 하지만, 잘 치면 음식 맛이 살잖아. 과하지만 않으면 건강에도 문제가 되지 않지. 삶도 역시, 그렇다.

나에겐 그림이 내 삶에서 최고급 MSG지.
그 어떤 음식보다 맛난 그림, 스마일!
그런데 체셔, MSG가 무엇의 약자인 줄 알아?
마시쩡~

낭만적인
직업에 대하여

캡틴은 언제부터 명함을 직접 그려주기 시작했어
요? 신입 사원 시절에는 명함이 굉장히 낯선 것이었
어요. 명함이 지갑 한구석에 꽂혀 있으면 왠지 모르
게 뿌듯하기도 하고, 괜히 꺼내서 자랑하고 싶기도
했지요. 요즘은 익숙한 물건이 되어버렸지만요.

제가 누군가에게 명함을 내밀면 자연스럽게 어떤
일을 하냐는 질문으로 이어져요. 그럴 때 저는 편집
자라고 대답하지요. 그러면 대부분의 사람들은 다
시 물어요.

"그게 뭐예요?"
저는 이런 질문 패턴에 익숙해져서 당황하지 않고

자연스럽게 대답하지요. "책 만드는 사람이에요."
그러면 질문은 또 이어져요. "글을 쓰나요? 그림을
그리나요?" 둘 다 아니라고 답하면, 그럼 대체 뭐
하는 직업이냐고 또다시 묻죠.
그럴 때면 저는 영화에도 영화감독이 있듯이 책에
도 기획을 하고, 총체적인 편집을 하는 편집자가 필
요하다는 얘기를 해요. 그제야 사람들은 대충 뭔지
알겠다는 듯 고개를 끄덕여요. 오늘도 이런 얘기를
나눴어요. 이번에는 제가 먼저 물었죠.

"어떤 일을 하세요?"
"사람의 생명을 구해주는 일을 해요."
"멋진 일 하시는구나."

그분은 사람의 생명이 손끝에 달린 응급실 의사였
어요. 저는 뭔가 대단한 일을 하는 사람을 만났다
는 생각에 경의에 찬 눈빛을 보냈죠. 하지만 그분은
도리어 저를 부러워했어요. 정신적으로 성숙한 일
을 하고 있을 거 같다면서요.

왠지 낭만적인 직업일 거 같아요.

그 자리에서 저는 동의한다는 듯 엷은 미소를 지었
어요. 응급실이라는 하얀 정글 속에서 숨 가쁜 시

간을 보내는 의사가 보기에는 그럴 수도 있겠다 싶었으니까요. 하지만 편집자도 현실은 그렇지 않아요. 마감 시간에 쫓기고, 작가, 디자이너와 수많은 의견 충돌을 겪다 보면 제가 책을 만들고 있는지, 먹고 살려고 발버둥 치는 건지 헷갈릴 때가 많아요.

그런데 오늘 팀 사람들과 회식을 했어요. 선배들이 술 한 잔을 주면서 저에게 계속 글을 썼으면 좋겠다고 말했죠. 순간 편집자가 참 낭만적인 직업이라는 생각이 들었어요. 서로를 경계하는 것이 아니라 좋은 책이라는 큰 배에 함께 탄 사람들 같았어요. 어쩌면 제 직업이 진짜 낭만적일지도 모르겠네요.

아, 직업이 낭만적인 게 아니라 사람이 좋은 건가요? 음, 좋은 사람들과 함께 일하니 낭만적인 직업이겠죠. 캡틴 스마일, 화가도 참 낭만적인 직업일 거 같은데, 어떤가요?

말 그 대 로
로 맨 스 지

×××

화가라는 직업을 타인이 보면 낭만적일 수 있지. 말 그대로 로맨스지. 그런데 내 입장에서 보면 지극히 현실적이야.

내 것이 아닌 다른 이의 세계가 주는 착시 효과가 우리를 혼란 속에 밀어 넣지. 사람들은 겉으로 드러나는 예술가의 자유로운 모습만 보게 되거든.

수면 위의 백조는 우아하다.
수면 아래의 백조는 분주하다.
타인의 세계를 아는 건 그래서 어렵다.

예술은 미쳐서 해야 해. 미친다는 건 뭐지? 정말 미친 듯이 열심히 해야 한다는 거야.
왜냐면 예술은 내 것만이 아니거든. 내 맘대로 그려서 세상에 내놓지만, 타인하고 함께 공유하고 느껴야 예술이 되는 거지. 그러려면 억수로 노력해야 해!

화가란 자신이 그린 그림에 책임을 져야 한다고 믿어. 그래서 문득문득 두려움이 몰려와. 보이지 않는 뭔가가 내 목을 콱 죄는 기분이 들고는 해.
이 기분이 싫다면 당장 화가로서의 삶을 멈춰야겠지.

우 산 쓰 고
스 마 일

XXX

캡틴!

아침부터 굵은 빗줄기 소리가 잠을 노크하네요.

오늘은 일요일인데, 빗소리 때문에 늦잠도 못 자고
깨 버렸어요. 창문이 뿌옇게 빗방울로 채워지고 있
었지요. 커피를 한잔 타서 창밖을 멍하니 바라보다
가, 배꼽시계가 울려 찬장을 뒤적였어요.

역시 이런 날은 라면인데……

찬장은 텅 비어 있었어요. 오늘따라 라면의 빈자리
가 크게 느껴졌어요. 옷을 주섬주섬 입고 슬리퍼를
질질 끌며 밖으로 나왔어요.

골목을 어기적어기적 걷는데 슬슬 슬리퍼에 물도

차고, 추리닝 바지가 축축이 젖어와 인상을 찡그렸
어요. 신 나게 몰아치는 비바람에, 우산은 비를 막
기는커녕 날아가지나 않으면 다행이었죠.

팔꿈치를 끊임없이 공격해오는 빗방울에 툴툴거리
면서 고개를 드는데, 눈앞으로 우산 속에서 나란히
걷고 있는 커플이 보였어요.
여자의 어깨를 감싼 남자의 손은 다정해 보였고, 빗
속을 울리는 여자의 웃음소리는 행복해 보였어요.
작은 우산을 나눠 써서 어깨가 반은 젖었는데, 그
모습이 왜 그렇게 아름다워 보였을까요?
그들은 우산을 쓰고 해맑게 웃고 있었어요.

우산 쓰고 스마일

사랑은 비를 닮았어요.
어느 날 아침 후드득 떨어지기도 하고, 비바람처럼
거세게 몰아쳤다가 갑자기 그치기도 하니까 말이에
요. 사랑에도 종류가 있다면 이런 거 아닐까요?

늦겨울 기다려지는, 봄비처럼 설레는 사랑.
어느 여름날 갑자기 쏟아져서 홀딱 젖었지만, 기분
은 나쁘지 않은, 소낙비 같은 사랑.
따뜻한 햇볕 덕분에 비오는 하늘을 올려다보게 만

드는, 여우비처럼 아리송한 사랑.
내리는 동안은 세차게, 내 맘대로 멈출 수 없는, 그
러나 언젠가는 그치는 장맛비처럼 열병 같은 사랑.

저는 장맛비 같은 사랑이 좋아요. 끝나면 아프긴 하
지만 내리는 동안은 뜨겁잖아요. 오늘 내리는 비처
럼요. 소나기는 안 돼요. 내리는 순간 끝나버리잖아
요. 캡틴이 좋아하는 사랑은 어떤 비를 닮았나요?

우 산 없 어 도
스 마 일

×××

나는 비가 좋다.
그 작은 빗방울들이
나를 흔들어 깨워서 좋고
내 어깨를 위로하듯
다독여줘서 좋다.

중학생 때 비가 내리면, 그 비를 다 맞으며 뒷산에
올라가곤 했어. 올라가서 절벽 끝에 서면 내 앞에
놓인 현실과 다가올 미래가 생생하게 보였지.
집은 가난이라는 시련에 빠져서 아무리 생각해봐도
답이 없어 답답하기만 했어.
그 어린 나이에 뭘 안다고 그런 생각을 했을까?
그때마다 내 어깨를 토닥이며 위로해준 게 바로 비

야. 이제 그만 집으로 돌아가자. 부모님이 있고, 형
제들이 기다리는 집으로 가자고.
그때부터 비가 좋았나 봐. 비만 오면 온몸을 비로
적신 걸 보면.

나도 체셔처럼 어릴 적에는 앞이 보이지 않을 정도
로 쏟아지는 비가 미치게 좋았어.
째째하게 내리는 비는 비가 아니었지. 아무도 모르
게 내 눈물을 닦아줄 그런 세찬 비만이 그 시절에
는 비 같았지.

지금은 어떠냐고?
그땐 10대고 지금은 50대야.
체셔 같으면 비 맞고 다니겠어?

지금은 비 안 맞아. 건강에 좋지 않으니까. 옛날이
랑은 다르지. 요즘 비는 다 산성비라고!
하지만 지금은 모든 비를 좋아해.
세상에 나를 온전히 열어놓고서 다가오는 것들을
그대로 느낄 수 있게 된 거지. 비도 그렇게 대하는
것 같아. 그대로를 바라보면 좋고 싫고 할 문제도
아니니까.
그래도 더 좋아하는 게 있다면 살금살금 내게 침투
하듯이 들어오는 비가 좋아.

그림도 그렇고 사람도 그렇다.

무작스럽게 들이대는 게 아니라

나를 조금씩 설득하면서 다가오는 게 좋다.

그러니까 체셔, 누군가 좋으면 무조건 좋다고 감정
을 송두리째 들어내지 말고 보슬비처럼 다가가.

은은히, 천천히

젖은지도 모르게 옷을 적시는 가랑비처럼.

파 스 타 의
불 편 한   진 실

×××

지하철역 앞에서 친구를 기다리고 있었어요. 어디
서 오나, 주위 반경에 레이더망을 장착하고 서 있었
지요. 그런데 제 앞으로 전봇대같이 키 크고 마른
남자가 후다닥 뛰어왔어요. 그곳에는 여자가 멋쩍
은 표정으로 서 있었지요. 남자가 조금 늦었나 봐
요. 둘은 어색하게 인사를 하고 통성명을 했어요.
위아래로 남자를 훑어보는 여자의 눈빛이 어째, 썩
긍정적이지만은 않아 보였어요.
그날 밤, 그들은 좋은 시간을 보냈을까요?

남 얘기는 이보다 더 흥미로울 수 없지만,
그 주인공이 내가 되면 유체 이탈을 하고픈 상황.

캡틴 고백하건대, 저 오늘 소개팅했어요.

소개팅에 나오는 사람이 괜찮을 리 없다는 생각으로 큰 기대를 하지 않고 나갔어요. 그런데 저만치서 걸어오는 저 남자! 앗, 내 타입이었어요. 저는 얼른 어색한 표정을 정리하고 인사를 했죠. 그런데 그 남자는 만나자마자 대뜸 배가 고프대요. 당연히 저는 남자가 매너 있게 길을 안내하고, 괜찮은 분위기의 레스토랑에서 파스타를 먹는 장면을 내심 기대하고 있었죠.

여자들이 소개팅에서 파스타를 먹고 싶어 하는 이유는 여러 가지가 있지만요. 파스타만큼 먹을 때 굴욕적이지 않아 보이는 음식은 없기 때문이에요.

그런데 이 남자는 파스타는커녕, 어디든 빨리 들어가자고 재촉을 했어요. 심지어 "꼭 파스타 같은 거 안 먹어도 되죠?"라는 말을 하면서요. 저는 순간 짜증이 확 나서 눈앞에 있는 음식점을 가리켰죠. 그런데 하필 왜 그곳이 족발집이었을까요. 그것도 맛집으로 소문난. 우리는 테이블 위에 족발을 사이에 두고 어색한 식사를 했어요. 저는 최대한 고고하고, 우아하게 족발 먹기 신공을 발휘하려고 애썼어요. 젓가락이 학 다리라도 된 양 쟁반국수도 천천히 들어 올렸죠. 그런데 그 남자가 이러지 뭐예요!

순간 저는 당황스러운 표정으로 고개를 가로저었고, 그 남자는 장갑을 끼고 자신 있게 족발을 뜯었어요. 아무리 남자여도 그렇지, 어쩜 그렇게 스스럼없을 수 있을까요.

집에 돌아오는 길에 친구에게 전화를 했어요. 친구가 말하기를, 남자들은 마음에 안 드는 여자를 만났을 때는 파스타를 먹지 않는대요. 대부분의 남자들이 파스타를 별로 좋아하지 않으니, 굳이 맘에 안 드는 여자를 만나서 싫어하는 음식을 먹을 필요가 없을 거예요.

캡틴, 파스타에는 그런 큰 뜻이 숨어 있었던 거예요. 저는 이제 파스타 싫어할래요. 죽을 때까지 파스타 안 먹을 거예요. 그 남자에게서 애프터 신청이 올까요? 도대체 제 청춘 사업은 언제 부흥하는 걸까요?

족 발 의
꿍 꿍 이 !

×××

미안하지만 나 좀 웃을게.
오늘 얘기는 진짜 웃기네!
체셔, 젊었을 때는 좀 차이기도 하고 차보기도 하는
거라. 그런데 이렇게 생각해보는 건 어떠려나. 그 사
람이 족발을 먹으러 가자고 한 건 자신의 주관적인
면을 보여주고 싶은 게 아니었을까. 체셔가 마음에
들어서 말이야.

인생에 답이 없듯,
사람의 마음도 답이 없다.
그러므로 굳이 부정적인 확신을
가질 필요는 없다.

만약 정말 그 사람에게 애프터 신청이 오지 않았다
해도, 호기심이 생겼다면 내가 먼저 다가가면 되지.
그에게 좋아해 달라고 할 게 아니라 천천히 다가가
면서 내 마음을 그대로 표현하는 거야.

체셔, 난 체셔의 청춘 사업을 응원할게!
사랑은 청춘 사업의 꽃이지!
사랑을 하면 온 세상이 멈춰버리기도 하는 거야.
그런 사랑 정도는 해줘야지.

요즘
다이어트 해요

xxx

우리 아빠는 이런 말을 자주 하지요.

내가 네 나이 땐 먹을 게 없어서 닭서리도 하고,
학교 다닐 때는 보따리 가방을 메고
수십 키로를 걸었어.

그럴 때면 저는 아빠에게 질세라 이런 얘기를 늘어
놓죠.

아빠! 그때랑 지금이랑 시대가 다르잖아요.
요즘 애들이 얼마나 힘든지 알아요?
공부도 해야 하고, 각종 자격증과 대외 활동으로 스펙
도 쌓아야지. 게다가 살도 찌면 안 된다고요.

캡틴, 저 요즘 다이어트 해요.
이제 여름이잖아요. 수영장 가야 하잖아요. 며칠 전부터 회사에 단호박 도시락을 싸오고 있어요.
처음 며칠은 괜찮았는데, 오늘은 왜 이렇게 무향 무취의 음식을 입으로 밀어 넣는 느낌이 들까요?

같이 다이어트를 하는 동료들도 영혼 없는 표정으로 입만 오물거리고 있었어요.
급기야 우리는 맛집 얘기를 하기 시작했어요. 초밥, 삼겹살, 스파게티를 넘어서 다양한 디저트 예찬이 시작되었죠. 스마트폰에서 각종 맛집을 찾아 서로 보여주면서요. 그렇게 입에는 단호박을 넣으면서 머리로는 맛있는 음식을 상상하는 걸로 만족했답니다.
캡틴, 불쌍하지 않아요? 단호박을 먹으며 '이건 맛있는 햄버거다.'라고 생각하는 거요.
저는 캡틴이 부럽네요. 캡틴은 다이어트 안 해도 되잖아요!

아 ,
살 아   있 네 !

×××

뭔가를 줄이는 건 넘치는 걸 없애는 일.
기준을 세우고 그것을 지키는 일.

내가 왜 다이어트를 안 해! 나이 들었다고, 남자라고, 다이어트를 안 한다고 생각하는 건 체셔의 오해야.
지금은 내 몸이 제법 멋지지만 몇 해 전에는 꽤 통통했어. 그러던 어느 날, 당뇨병이 내게 찾아왔어. 병이 나를 사랑하게 된 거지. 가만히 생각해보니 이 녀석과 사랑하다가는 머지않아 죽어버릴 것 같은 거야. 그래서 다이어트를 시작했지. 2개월 만에 10킬로그램을 뺐어. 자랑할 만하지?
나의 소명이자 행복인, 그림 그리는 일을 두고 당뇨

병으로 죽을 수는 없었거든.

다이어트를 하고 나니, 병이 내게 이별을 통보하더라고.

"나 당신이 싫어졌어. 이만 떠날게."

내가 체셔한테만 나만의 다이어트 비법을 알려줄게. 식단을 내 몸에 맞춰서 적게 먹고, 그다음은 운동을 하는 거지. 운동은 돈 드는 거 말고, 너무 열심히도 말고, 매일 아침 스트레칭 하듯이.

너무 뻔한 거라고?

그런데 내 말 잘 들어봐. 여기서부터가 중요하니까.

난 항상 나를 경계해. 매일 아침 거울 앞에서 나 잘하고 있나 보는 거지. 남이 나를 보고 있으면 막상 나는 내 자신을 잘 보지 않잖아. 하지만 그게 가장 중요한 거거든.

내 안의 내가 내 자신을 보는 거.

아~ 살아 있네!

오늘도 다이어트 해서 예뻐진 나를 보고 자뻑 한번 하는 거지.

비행 ××××××××××××

예 술 은
무 엇 일 까 요 ?

×××

마음이 불편할 때면 어김없이
그림을 그리고 싶어진다.
캔버스 위에서 사각거리는 연필의 느낌을,
하얀 종이 위를 푹신하게 적시는 붓의 느낌을
눈을 감고 가만히 상상한다.

캡틴, 저는 언젠지 몰랐을 때부터 그림을 그렸어요.
하지만 그다지 잘하지는 못했던 것 같아요. 그래서
업은 다른 걸로 삼게 된 걸까요?
기분이 안 좋을 때면 늘 그림을 그리던 순간을 상상
해요. 파스텔 묻은 손으로 도화지 위를 지나가는
감촉을 생각하면, 마음이 평화롭고 고요해지죠.

1917년 미국의 화가 뒤샹은 변기를 가져다 놓고 〈샘〉이라고 제목을 붙여놓았어요. 사람들은 이 작품을 보고 수군댔고 전시는 곧 중단되었죠. 하지만 지금은 20세기의 중요한 예술 작품으로 평가받고 있어요.

〈샘〉은 어떻게 예술 작품으로 인정받았을까요?
물체에 담아낸 가치관 때문일까요?
예술의 틀을 깬 작품이라서 그런 걸까요?
글쎄요, 잘 모르겠어요. 만약 그렇다면 낙서도 예술 작품이 될 수 있는 거 아닐까요?
다만 제가 하나 알 수 있는 건요. 예술 작품에는 사람이 담겨 있다는 거예요. 사람의 가치관, 생각, 기분, 감정, 일상 등 그 사람의 모든 걸 담을 수 있죠. 예술은 무엇이든 담을 수 있는 유연한 그릇이 되기도 하나 봐요.
캡틴, 화가로서 예술이 무엇인지 얘기해줄래요?

쉬우면
예술이라 하나

××××

아따, 난 이런 질문 받을 때가 제일 어렵다. 그래도
내 전문 분야니까 체셔에게 잘 설명해볼게.
"왜 그렸어?"
"그리고 싶어서 그렸지."
예술 한다는 사람들이 이러면, 말이 안 되잖아?
바로 이 지점이 예술가와 노동자의 차이야.

예술가는 왜 그리는지, 왜 쓰는지,
스스로에게 질문하고 답할 수 있어야 한다.

난 그렇게 생각해. 예술은 작가의 용기이기도 하고,
자신의 분명한 의지력이지.
뒤샹은 어이 보면 우격다짐인 거야. 변기 하나 갖다

놓고 샘이라고 우겼잖아. 그런데 어떻게 그걸 예술로 볼 수 있느냐고? 예술이라고 해서 무조건 우기는 건 절대 안 돼. 당위성을 갖고 우겨야지.
자, 체서 앞에 밥그릇이 있다고 치자. 그런데 이게 밥그릇이 아니라 컵이라고 우겨. 그렇게 우길 땐 분명히 왜 그런지 얘기할 수 있어야 해. 그렇게 하면 예술로 승화되는 거지.

재주를 자신 안에 잘 갖다놓고 발효를 시켜야 해. 발효라는 것은 온도도 맞아야 하고 시간도 맞아야 하는 거지. 잘 못하면 썩는다. 썩으면 객기밖에 안 되는 거야.
내 나름대로 당위성을 갖고, 사유의 세계를 잘 숙성시킨 다음 세상에 내놓아야 해. 그게 예술이지. 그래야 사람들한테 질문도 던질 수 있고. 소통도 할 수 있고.
예술은 작가 안으로 들어온 세계를 재창조해서 밖으로 내놓는 일.

먹은 뒤에 똥을 싸는 일과 같지.
다 내 꼬라지대로 나오는 거라.
그래서 예술적인 삶을 살지 않으면
나오는 꼬라지는 안 봐도 뻔하다.

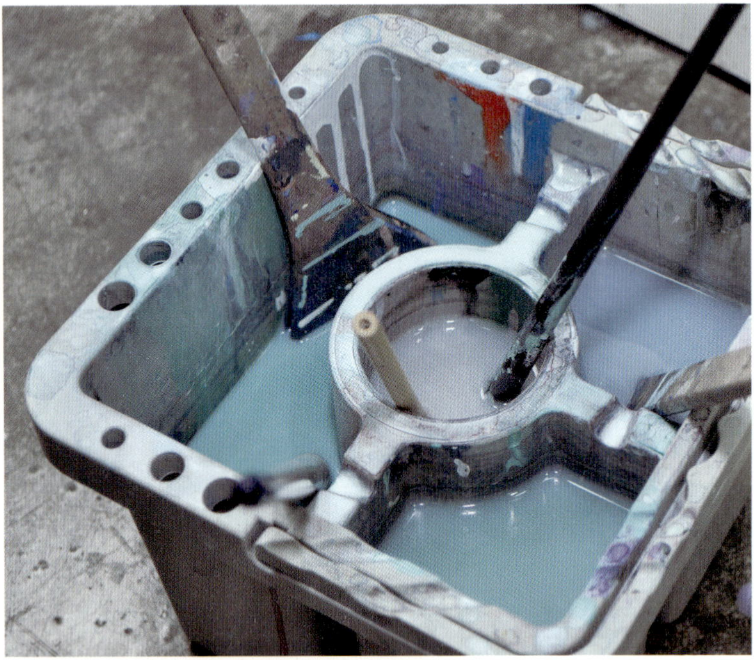

뱅크시,
얼룩말도 세탁이
되나요?

×××

예술은 본래 동물이 짝짓기를 할 때 유혹하는 기술
이라는 이야기가 있어요. 동물인 인간도 역시 예술
로 매력을 어필하는 거지요. 그렇다면 예술가들은
다 인기쟁이여야 하는 거 아닐까요. 늘 매력을 어필
하고 있는 거잖아요. 혹시, 캡틴도 시선을 흘끔흘
끔 사로잡는 인기쟁이인가요?

한 가지 분명한 건 예술은 우리에게 있어 유희적 놀
이 중 하나라는 거예요. 사람들은 예술이란 놀이를
통해 즐거움을 얻으니까요.
그런 면에서 뱅크시의 그림은 사람들이 예술을 즐
기는 원초적인 심리와 가장 잘 맞다고 할 수 있어
요. 예술이 지니고 있는 권위와 치장을 버린 채 거

리에서 유쾌한 장난을 치고 있으니까요.

뱅크시가 벽에 그려놓은 아낙과 얼룩말을 보세요!
아낙이 얼룩말의 얼룩무늬를 빨랫줄에 널고 있어
요. 얼룩무늬를 빼앗겨버린 얼룩말은 그저 멀뚱히
서 있을 뿐이에요. 얼룩말은 슬플 거예요.

얼룩말에게서 얼룩을 빼면
얼룩말이 아니라 말이 되잖아요.

얼룩말에게 있어 얼룩은 존재를 나타내는 정체성이
니까요.

얼룩말의 얼룩은 빨면 하얘질까요?

우리는 누구나 다른 사람과 구분이 되는 특별함을
갖고 있어요. 그것이 때로는 정체성이 되기도 하고,
사회 속에서 이질적인 존재로 구별되기도 해요. 하
지만 나만의 특징을 버리면 나는 내가 아닌 게 되는
지도 몰라요. 가끔은 이질감 때문에 외롭기도 하지
만 인정해버리면 좀 더 나다운 사람이 될지도 몰라
요. 캡틴은 정체성에 대해 생각해본 적 있나요?
캡틴만의 정체성은 무엇인가요? 스마일인가요?

예 술 테 러 리 스 트

XXX

예술 테러리스트?

얼굴 없는 예술가?

뱅크시는 평생을 야생마처럼 살았어. 남몰래 담에 그림 그려놓고 도망 다니면서, 가슴속에 품은 것을 순간적으로 분출하는 거지.
그 뜨거움이 난 좋더라고. 미술관에 없으니까 더 빛 난다고나 할까?

뱅크시는 거리의 벽이 캔버스였다.
거리의 누구라도 주인이 되는 작품을 그렸다.

그는 벽과 예술 사이에서 하고 싶은 말이 많았나

봐. 얼룩말을 보면 안 그래도 되는데 꼭 껍데기를 벗겨놨잖아. 일부러 정체성을 잃게 만든 거지. 왜냐고? 사람들에게 질문하려고. 나의 정체성도 똑같아.

그래서 무언가를 묻고 싶을 때 그림을 그리는 거지. 뱅크시처럼 그림을 통해 질문을 던짐으로써 내가 말하고자 하는 걸 사람들이 알게 하는 거야.

청 춘 의   시 간

×××

문을 열었다.

시간의 통로는 미끄럼틀처럼 되어 있었다.

난 미끄럼틀에 몸을 맡겼다.

끝이 어딘지 알 수 없어서 불안에 떨었다.

시간은 빠르고 정신없이 흘러갔다.

말도 안 돼! 벌써 스물여섯 살이라니요!
청춘이 롤러코스터를 타고 사라지고 있는 느낌이에
요(심지어 가속도까지 내고 있어요.).

캡틴, 정차 좀 시켜주시겠어요?

새해가 엊그제 같은데 달력을 보니 어느새 일 년의

중간을 넘어가고 있어요! 스무 살이 엊그제 같은데 벌써 20대 중반을 달리고 있다니! 캡틴은 어때요? 캡틴도 내가 벌써 50대라니, 이런 생각하나요?

오늘은 아프리카를 사랑하는 여자의 강의를 들으러 갔어요. 그녀는 아프리카의 자유와 행복에 대해 얘기했지요. 강의 마무리에는 이런 말을 했어요.

삶에 울림이 되는 일을 하세요.
내가 울어야지 다른 사람도 울릴 수 있어요.

그때, 어느 학생이 이런 질문을 했죠.
"저는 아직 삶의 울림이 뭔지 모르겠는데, 그건 어떻게 아나요?"

그건 그 자리에서 알 수 없어요.
아프리카에 가보지 않고는
그곳의 자유를 알 수 없는 것처럼요.
지금, 당장 떠나세요

떠나라는 말 때문이었을까요? 잠시 주위가 조용해졌어요. 그때 분위기를 뚫고 나이가 지긋한 대머리 교수님이 슬며시 웃으며 한마디 했지요.

순간, 저는 고개를 끄덕거렸어요. 왜 그랬을까요. 그저 정해진 자리에서 사회가 요구하는 것들을 해내고, 스펙을 더 잘 쌓고, 미래를 열심히 준비하는 게 잘 사는 거라고 생각하고 있었던 걸까요.

제가 좋아하는 효리 언니가 이런 말을 했어요. 20대를 조금 더 무모하게 보내지 않은 게 후회된다고요. 어쩌면 20대는 실수해도 용서받을 수 있는 나이겠지요. 하지만 실수할까 봐 겁나는 나이이기도 해요. 생각해보면 제가 20대 들어서 무모했던 적은 별로 없었던 거 같아요. 엄마, 아빠가 하라는 대로 안전하게 살았는지도 모르죠.
캡틴, 청춘의 시간은 어떻게 보내야 하는 걸까요? 타임머신을 타고 캡틴의 청춘에 대해 얘기해주세요.

가 장   본 능 적 으 로

×××

스물여섯 살에 '벌써'가 붙다니, 그 나이가 말이 안
된다고 하면 쉰셋이나 먹어버린 나는 어떡하라고,
약 올리는 거야?

'벌써'가 아니라 '아직'의 관점으로 보라.

청춘의 한가운데를 지나고 있는 체셔,

아직 오지 않은 내일을 두려워 말고
오늘을 최대한 즐기고, 느끼고, 경험해.
지나고 나면 후회의 시간이 되지 않도록.

보통 어른들이 자신의 청춘에 대해서 말할 때 "그때

그 시절은 끝내줬지!" 하잖아. 그게 그 시절을 잘 보냈다는 뜻이지. 나도 그래.

어이 보면 다시 돌아가고 싶기도 하지. 그게 청춘의 시간이라는 거거든. 누구나 다시 돌아가고 싶은 시간! 그때는 잘 몰라. 요즘 젊은이들 그런 말 많이 하잖아. 지금이 제일 힘들다고. 그게 시간을 제대로 보낼 줄 몰라서 그러는 거야.

청춘의 시간은 베짱이처럼 보내야 하는 거다.

연애도 하고, 술도 마시고, 춤도 추고, 여행도 다니면서. 그렇다고 뼛속까지 베짱이가 되라는 말은 아니야. 방종이 아니라 자기 세계에 제대로 몰입하며 즐기라는 뜻이지. 더 멀리 가고, 더 많은 사람들을 만나라는 거야. 그래야 노는 물이 넓어지지.

딱 그때만 존재하는 본능이 있다.
본능에 따라 맡겨놓는 거다.

그런데 희한하지. 요즘 어른들은 다들 그리 하지 말라고 해. 헛된 시간이라며, 나중에 어쩌려고 그러냐

고 말하지. 하지만 내 생각은 달라. 그들의 말대로
산다고 진정 자신이 원하는 삶을 누가 보장하지도
않거든.

나중에 성공한 뒤에 청춘을 보내면 된다고? 아니
야, 결코 그럴 수 없어!

주어진 시간이 급하게 흐른다고 투덜거리지 마.
맛난 걸 먹으면서 그것이 줄어든다고 우는 것과 뭐
가 달라. 미련하잖아.
"아, 맛나다! 더 맛나게 먹을 수 없을까?" 하며 즐겨
야지. 그게 청춘다운 발상이라고!

오늘처럼
햇살 좋은 날,
어디 가고 싶어요?

×××

내가 남극에 산다면 뒷마당에는 해달을 키우고 앞마당에는 펭귄을 키울래요. 추우면 펭귄이랑 꼭 껴안고, 밤에는 무서우니 해달이랑 손잡고 잘 거예요.

아침은 남극 이슬 꼴깍,
점심은 연어 회 냠냠.
저녁은 남극 별 스테이크 짭짭.
디저트는 물개 키스 쪽!

펭귄은 추우면 서로 꼭 껴안아서 체온을 유지한대요. 해달은 서로 손을 꼭 붙잡고 물에 누워서 잔대요. 물개 키스는 한번 받아보고 싶지 않아요?

캡틴은 오늘처럼 햇살 좋은 날 어디 가고 싶어요?
저는 오늘 동물원에 다녀왔어요. 아는 남자에게 사
심을 가득 담아 데이트 신청을 했죠.
동물을 구경하며 조근조근 얘기도 나누고, 아이스
크림을 먹으며 다정하게 걷는 상상을 했는데…….
그런데요, 캡틴. 장소를 잘못 선택했나 봐요.
아는 남자는 정말 열심히 동물만 봤어요. 나무를
타고 있는 빨간 엉덩이 원숭이가 저보다 훨씬 매력
적이었던 걸까요?

저는 오늘 마치 먹이를 향해 호시탐탐 눈길을 보내
는 하이에나 같았답니다. 아, 아니에요. 아는 남자
에게 길들여지고 싶은 어린 왕자의 사막여우였을지
도 몰라요.
아무튼, 동물원 데이트는 실패였답니다. 위로해주
세요.

이런 날
꼭 특별할 필요는
없지

××××

동물원에서 있었던 안타까운 사태부터 말해볼까.
그 남자와는 아쉽게 되었지만 내 앞에서 사랑 타령
은 이제 그만! 자꾸 체셔가 부럽다 아이가. 아니, 사
랑이 부러운 것이겠지.

사실, 내가 위로를 잘 못하긴 해. 나도 남자라서 그
런가 봐. 그런데 왜 그게 실패한 거지? 다음 시간이
올 수도 있잖아.
체셔, 어린 왕자에게 길들여지고 싶은 사막여우였
다고 했지. 그러지 말고 체셔가 그 남자를 길들여보
는 건 어때?

길들인다는 게 뭐냐고?

인내심을 갖는 거야. 끙끙대지만 말고, 멀리서 조금
씩 다가가는 거지. 어린 왕자와 사막여우처럼.
정말 마음에 들면 좀 더 인내심을 갖고 길들여보라
고. 뭐, 그러다 안 되면 말고. 그 남자는 체셔가 딱
제 스타일이 아닐 수도 있잖아.
이 정도면 위로가 되려나?

그건 그렇고, 요래 햇살이 좋은 날이라고?
이런 날 꼭 특별할 필요는 없지.
불현듯 떠올랐을 때는 물가에 가. 따사로우니까 해
바라기하고 싶은 거지. 멍 때리고 앉아서 물 위에서
스케이트 타는 소금쟁이의 놀라운 공중 부양도 보
고. 잘빠진 돌멩이로 물수제비를 하면서 돌이 어떻
게 물 위를 걷는지도 보고, 새들이 물에서 어찌 노
는지도 관찰하며 온종일을 보내.

햇살 좋은 날에는 요래 가만히 앉아서
따뜻한 걸 온전히 느끼는 것도 행복한 거야.

익 숙 함 에   대 하 여

×××

캡틴 스마일, 고양이 좋아하세요?

저에게는 진짜 고양이 친구가 있답니다.

오래전부터 함께한 카오스 고양이예요. 세 가지 색이 어지럽게 섞여 있어서 '카오스'라고 하지요.

이름은 꼬맹이인데, 목에 방울을 달아주지 않으면 아무도 돌보지 않는 길고양이로 착각할 만큼 못생겼답니다(소곤소곤, 그녀에게는 비밀이에요.).

하지만 그녀는 자신을 세상에서 가장 예쁜 고양이로 착각하며, 오늘도 창가에 앉아서 그루밍을 하고 있어요. 아주 요염한 눈빛으로요.

정말 웃기지요?

오래된 사람과 함께 있을 때는 아무 말을 하지 않아

도 편안하잖아요. 서로 다른 일을 하고 있어도 같은 공간에 함께 있는 것만으로도 마음이 따뜻해지지요. 동물과 사람 사이도 그렇답니다.

그녀와 제가 처음 만났을 때는 서로에게 잘 보이려고 안간힘을 썼어요. 그녀는 갖은 애교를 부렸고, 저는 맛있는 간식을 흔들며 매력을 발산했죠. 그녀가 요염하게 야옹거리면 저는 너의 사랑을 받아주겠노라는 듯 그녀의 턱을 살살 쓰다듬어주었어요. 그러고 나면, 닫혀 있던 마음이 서로를 향해 활짝 열렸어요. 예전에는 마치 의식처럼 간단한 스킨십을 통해 하루를 시작했는데, 시간이 흐르면서 우리는 그저 곁에 있는 것만으로도 안정감을 느끼는 익숙한 존재가 되었죠.

그녀가 저에게 애교 부리지 않아도, 제가 그녀를 쓰다듬고 있지 않아도, 서로의 마음을 알 수 있는 그런 편안한 존재 말이에요. 이제는 서로를 신경 쓰지 않고, 각자의 자리에서 각자 하고 싶은 일을 하곤 하지요.

그녀는 여덟 살이에요.
고양이는 나이 먹는 속도가 사람보다 일곱 배 더 빠르니까 쉰여섯 살쯤 되겠네요. 꼬맹 씨는 이제 사람처럼 팔자 주름이 밑으로 축 처지고, 탄력 있던 뱃

살도 물컹물컹해졌어요. 그런 모습을 볼 때면 그녀
에게서 세월의 흐름을 느껴요.
이제 그녀와 함께할 시간이 많이 남지는 않았어요.
문득 슬퍼져서 그녀의 머리를 쓰다듬는데 이런 생
각이 들었어요.

아, 너무 익숙해져서

꼬맹 씨에게 신경 쓰는 것조차 잊고 있었구나.

캡틴, 익숙함이란 무엇일까요?

익 숙 한 캔 버 스 가
화 나 지 않 게

×××

낯섦은 탐구의 자세이고
익숙함은 몰입의 자세이다.

익숙한 건 좋다 나쁘다도 없어. 그 세계에 몰입해
있으니까. 가족이 그렇고 친구도 그렇지.
몰입했다는 건 내가 그 세계와 뗄래야 뗄 수 없다는
뜻이지. 내 마음대로 안 되는 거지. 나중엔 당연한
게 돼버리는 거고.
그래서 우리는 너무 쉽게 안다고 치부해버려. 하지
만 제대로 아는 사람은 세상에 없어. 그저 안다고
믿는 자기 확신만 있을 뿐.
그러다 보니 마음을 놓게 되지. 긴장이 사라지지.
함부로 표현하고, 왔다 갔다 하는 거지. 제멋대로

하는 거야. 그 순간부터 익숙함이 소중한 것들을
잡아먹기 시작하는 거지.

그림은 사람과의 관계하고는 달라서 혈연관계처럼
끊고 싶어도 끊을 수가 없지.
아무리 화가 치밀어도 견뎌야 하지. 아무리 지겨워
도 견뎌야지.
화가가 그림의 익숙함으로부터 달아났다고 하면 오
늘 밤 9시 뉴스에 나올지도 몰라.

체셔, 익숙할수록 견뎌야 하는 거야. 아껴야 하는
거야. 표현도 아끼고, 감정도 아끼고. 왜냐면 익숙
할수록 제멋대로 할 거거든.

그래서 난 오늘도 더욱 신중하게 붓을 잡는다.
익숙한 캔버스가 화나지 않게.

뭉크의 절규를
보고 있으면

×××

가끔 그런 생각을 해.
메두사의 머리처럼 내 마음속 어딘가에는
히스테리컬한 마녀가 꽁꽁 숨겨진 탑 속에서
언제든 밖으로 나올 틈만 기다리고 있다고.

캡틴, 제가 가장 좋아하는 그림은 뭉크의 〈절규〉예요. 제가 이 그림을 좋아하는 이유는 그림 속의 사람이 제가 아는 사람들과 꼭 닮아서죠.

뭉크의 〈절규〉를 보고 있으면, 어렸을 적 잔소리하던 엄마가 떠오르기도 하고, 괜시리 성질을 부리던 아빠의 얼굴이 떠오르기도 해요. 몰래 발랐던 투명 매니큐어를 날카로운 눈으로 지적했던 고등학교 선생님이 생각나기도 하고요. 별거 아닌 걸로 틈만 나

면 오지게 싸웠던 예전 남자 친구의 모습이 생각나
기도 하죠. 아! 까먹을 뻔했는데요, 직장에서 소리
지르는 마녀 상사도 생각나요. 그리고 언젠가 불같
이 화냈던 저의 모습도 슬며시 비치네요.

뭉크는 그림에 이런 글을 덧붙였대요.
'두 친구와 함께 산책을 나갔다. 햇살이 쏟아져 내
렸다. 그때 갑자기 하늘이 핏빛처럼 붉어졌고 나는
한 줄기 우울을 느꼈다. 친구들은 저 앞으로 걸어가
고 있었고 나만이 공포에 떨며 홀로 서 있었다. 마
치 강력하고 무한한 절규가 대자연을 가로지르는
것 같았다.'

뭉크는 강력한 햇살이 만들어낸 우울한 그림자를
본 건 아닐까요? 그런 날 있잖아요. 우울한 날, 날
씨가 너무 좋으면 날씨마저 나를 농락하는 거 같
을 때요.

캡틴도 마음속에 절규의 영혼을 숨겨두지 않았나요?

절 규 보 다 는
스 마 일 !

나도 한때 뭉크와 비슷한 그림을 그렸지.

대학 초반이 꼭 그랬어. 세상이 별로였어. 우울하고, 슬프고, 말 그대로 히스테리지 그게.

그때 그렸던 그림을 보면 초록과 빨강이 강한 대비를 이루고 있어. 근데 그 두 색이 보색이잖아? 상극인 두 색깔이 그림을 온통 지배하고 있으니 얼마나 강렬하고 무섭겠어.

여자 동기들은 말할 것도 없고, 남자 동기들과 대학 교수님들조차 나를 피했어. 잘 씻지도 않고 매일 작업실에 처박혀 그런 그림만 그려댔으니까.

지금이야 용 된 거지!

그림에는 그 시절 그 사람의 세상이 담겨 있다.

뭉크도 마찬가지 아니었을까?

공황장애를 겪고 있던 뭉크에게 세상은 절규할 수밖에 없는 암흑이었을 거야. 자신이 품고 있는 고통과 우울로 사람들과 소통하고 싶었던 거지.

뭉크의 〈절규〉는 일기이고,

세상을 향한 편지이고,

자기 고백이다.

뭉크의 〈절규〉는 지금 나의 그림과도 참 닮았어.

스마일 말이야.

체셔, 지금쯤 내 말이 이해가 안 가서 고개를 갸우뚱하고 있겠지?

예술은 보이는 게 다가 아니다.

그 뒤에 숨겨놓은 이야기를 읽어야 한다.

내 화가 인생에 위기가 찾아왔었어. 내가 좋아하는 극사실화를 더 이상 못 그리게 되었거든. 눈이 점점 시력을 잃어가고 있었기 때문이지.

그때는 진짜 우울했다. '이젠 난 뭔가? 뭐 하고 사노.' 이러고 있는데 어느 날, 문자를 보낸다고 휴대폰을 만졌어. 그 순간 스마일 이모티콘을 보고 '세상에 이렇게 단순하면서도 명쾌한 것이 있구나!' 싶었지. 그때부터 스마일을 그리기 시작했어.

내 눈이 왜 그렇게 멀어갔는지 그제야 깨달았지. 지
금도 초점이 잘 안 맞아서 큰 것만 볼 수 있어. 근데
세상이 나에게 주어진 역할은 그런 거라.

만약 내가 시력을 잃어가지 않았다면 스마일을 그
릴 수 있었을까? 절대 아냐.
절망스러운 그 시절이 있어서 지금의 내가 있는 거
야. 절규 뒤에 희망의 메시지를 세상에게 전할 수
있게 된 거야.

외 개 인 , 외 계 인
믿 으 세 요 ?

××××

캡틴, 외계인 믿으세요?

술보다 술자리가 좋아서 술 좀 한다는 사람이 꽤 있어서인지, 매번 술자리는 재미있는 얘기들로 안주를 대신하죠. 그날도 학교 선후배가 삼삼오오 모여 술잔을 기울이는 날이었어요.

역시 도마 위 안주로는 남녀의 썸씽이 제일 맛나죠. 한참 나쁜 남자와 나쁜 여자가 어장 관리하는 얘기를 신 나게 풀어놓고 있었어요. 그런데 조용히 있던 한 선배가 술을 들이키더니 갑자기 입을 뗐죠.

나 절대 취하지 않았어.

술을 먹던 사람이 벌건 얼굴로 취하지 않았다니 황

당하지 않겠어요? 모두들 키득거리며 그 선배를 쳐다보았죠.

그 선배는 온갖 무게를 다 잡더니 얘기를 꺼냈어요.

지금부터 하는 얘기는 절대 취해서 하는 얘기가 아니니까 꼭 진지하게 들어줬으면 좋겠어.

내가 며칠 전에 말이야. 진짜 소주를 딱 세 잔밖에 안 마셨어. 너네 알잖아? 나 주량 소주 한 병 넘는 거. 그때 시간이 열한 시였나? 집 근처 골목으로 들어가는 길이었어. 그 길은 가로등이 딱 하나밖에 없어서, 불빛이 마치 연극 무대 위 핀조명처럼 쫙 내려오는 곳이야. 난 그 빛을 향해 걸어가고 있었지.

그런데 가로등을 지나치려는 그때, 옆을 보니 큰 개가 두 발로 직립보행을 하고 서 있는 거야. 난 순간 잘못 보았나 하는 생각에, 흘끔거리면서도 얼른 지나가려고 재빠르게 걸었지. 그때 뒤에서 누군가 어깨를 톡톡 치는 거야. 돌아보니 아까 그 개가 직립보행을 한 채 나더러 근처 편의점이 어디냐고 묻더라고. 난 정말 발끝부터 올라오는 소름이 턱밑까지 차서 손짓밖에 못 했다니까. 그 개는 내가 가리킨 곳을 향해 엄청 빠른 속도로 사라지더라고. 여전히 직립보행을 유지하면서 말이야. 내 말 안 믿기지?

이야기를 들은 사람들은 다들 선배를 한심하다는

듯이 쳐다봤어요. 역시 취했다고 생각하는 것 같았죠.

외계인이 아니라, 외개인이 아니고요?
그 선배의 표정은 매우 진지했지만, 우리는 곧 도마 위에 다른 안주거리를 올려놓고 얘기하기 바빴어요. 저도 그때는 뭐 저런 어이없는 얘기가 있나, 하고 지나쳤는데 오늘 밤 혼자 걷다 보니 생각나네요. 정말 그 개는 외계인이었을까요?

하늘을 올려다보았어요.
오늘따라 도시의 하늘답지 않게 별들이 길을 만들고 있네요. 저 별 속에는 정말 외계인이 살고 있을까요? 외계인이 있다면 잠시 UFO를 빌려 타고 하늘을 날아도 나쁘지 않을 텐데요.

나는 밤마다
우주로 날아간다!

×××

수만 년에 거쳐 '멍멍' 짖던 개에서

수백 개의 언어를 구사하는 IQ 500의 외계인으로

진화하지 말라는 법은 없다.

나는 만화가 좋아. 상상을 막을 수 없거든. 어릴 적
부터 동네 만화방에 있는 만화는 모조리 다 보았어.
중학생 시절에는 만화를 그려서 용돈을 벌 정도였
지. 화가가 되지 않았다면 만화가가 되었을까?
만화에는 항상 미래가 있어.
상상하는 대로 이뤄지는 신기한 마술 같은 세계.
나는 외계인이 있다고 믿어. 설령 없다고 하더라도
그걸 당장 증명할 방법은 없지.

체셔가 전에 그랬지. '목을 스페이스'가 민머리의 나와 닮았고 우주선 같기도 하다고. 어쩌면 밤마다 우주로 날아가는지도 모르지.
처음에 이 집을 봤을 때 묘하게 나를 당겼어. 지저분하고 괴상하게 생겼는데도 마음에 드는 거야.
인연이었던 모양이지. 나중에 사는 게 힘이 들어서 건물을 팔려고 했는데 아내가 팔지 말라는 거야. 왜 그런지 물었더니 이렇게 대답하더라고.
"매번 홀로 지내던 당신이 이리로 이사 오고 나서 사람을 많이 만나게 되었으니까."

SPACE 杉乙

이 해 란
무 엇 일 까 요 ?

제가 고등학생 때 우리 엄마는 자주 이런 말을 했어
요. "난 널 이해할 수 없어." 그러면 저는 대답했어
요. "이해할 수 없으면 이해하지 마요. 왜 꼭 이해를
하려고 해요?"

지금도 제 생각에는 변함이 없어요.
아무리 가까운 관계여도 꼭 이해할 필요는 없잖아
요. 그냥 그 사람은 그 사람인대로, 저는 저인대로
그렇게 지내도 되는 거 아닐까요.
결국 엄마는 저를 영원히 이해할 수 없을 거라는 결
론을 내리고 이해를 포기했답니다. 가끔 "너 같
은 딸 낳아봐."라는 말로 복수하는 것에 만족하
면서요.

캡틴, 이해란 무엇일까요?

누군가 저에게 그런 얘기를 해준 적이 있어요.

이해를 영어로 하면 'understand'잖아요. 'under',

밑에 'stand', 서 있다.

이렇게 생각해도 이해는 역시 어려운 것 같네요.
당장, 옆에서 손으로 물을 퍼 먹는 꼬맹 씨(전에도
말했죠? 제가 키우는 고양이요!)조차도 이해할 수 없으
니까요. 꼬맹 씨는 물을 혀로 핥아 먹지 않고 왜 손
으로 퍼먹고 있을까요. 물이 사방으로 튀어서 퍼 먹
는다기보다는 물놀이를 하는 것 같네요. 저렇게 하
면 목이나 축일 수 있을까요?
아무튼, 이해할 수 없어요.
캡틴, 이해란 무엇일까요?

체 셔 ,
내 말 이해하니 ?

×××

세상에 이해 못 할 게 뭐 있노? 마음만 먹으면 그만
인데.

이해한다는 건 안다는 것.
안다는 건 온전히 받아들인다는 것.
바람이 왜 부는지를 안다고
그 바람을 다 아는 건 아니다.
나에게 불어오는 바람을 온전히 받아들일 때만
그 바람을 이해할 수 있다.

이해라는 건 깨닫는 거야. 깨닫는 건 알아차리는 거
고. 이해와 비슷한 말은 공감! 동감하고 공감하고
는 또 다르거든. 공감은 그 감정을 그대로 볼 수 있

다는 거야. 저 사람은 왜 그럴까? 생각만 하는 게
아니라, 그 사람이 되어보는 거지.

어렵지? 그런데 어찌 보면 매우 쉬운게 이해라고 왜
냐, 마음먹기에 달렸거든.
나를 괴롭히던 파리 한 마리가 있었어. 파파라치처
럼 엄청 따라다니면서 귀찮게 하는 놈이었지. 처음
에는 파리를 잡으려고 애썼지. 파리채를 들기도 하
고, 창물을 열기도 하고, 끈끈이를 달아놓을까 궁
리도 했지. 한참을 실랑이하다가 문득, 그 녀석이
내게 깨우침 하나를 주었어.

그제야 이해가 되고 불편하다는 생각도 소멸되었지.

어떤 사람을 이해하려고 하기보다는 바라보는 일이
먼저라고 생각해. 가만히 보면 그 사람이 보이고 읽

히거든. 너무 가까이 가려고 하거나 전부를 보려고
하니 문제가 되는 거지.

인생에서 가장
창피했던 기억 있나요?

xxx

캡틴, 인생에서 가장 창피했던 기억 있어요?
순식간에 머리부터 발끝까지 홍당무가 되었던 그
순간!

내가 내가 아니고 싶었던 그 순간들 말이에요.

스무 살 때였어요. 감자 같은 남자를 사귀고 있을
때였죠. 그는 친구들 사이에서 방귀를 잘 뀌기로 유
명했어요. 스스로 제어할 수 없을 정도로 시간과 장
소를 막론하고 뿡뿡댔거든요.
그 사람 말에 의하면 방귀를 많이 뀌어서 팬티에 구
멍이 날 정도였대요. 그 원리를 설명하자면, 땀이
많이 나서 팬티가 축축이 젖으면 염분기 때문에 천

의 조직이 느슨해진대요. 그때 힘차게 방귀를 '뿡!' 하고 뀌면 순식간에 구멍이 난다는 거예요. 처음에는 웃음으로 받아들였는데⋯⋯. 그게 나중에 갈등의 심각한 원인이 될 줄 누가 알았겠어요.

어느 날이었어요. 우리는 캠퍼스 언덕길을 나란히 올라가고 있었어요. 그가 조금 더 앞서서 제가 뒤따라가는 모양이었죠. 제 뒤로는 남학생 셋이 개미처럼 꼬리를 물었어요. 신 나게 수다를 떨면서요. 그런데 그때 그가 갑자기 방귀를 '뿡!' 하고 뀐 거예요. 아뿔사! 지구를 울리는 우뢰와 같은 소리! 저는 걸음을 멈추었고, 동시에 뒤에 걷고 있는 세 남자의 키득거리는 웃음소리가 들려왔어요. 방귀 소리가 얼마나 컸으면, 제가 뀌었다고 오해한 거였죠. 저는 귀까지 빨개져서 어찌나 도망가고 싶던지. 쥐구멍에 들어가고 싶어서 지나가던 쥐한테 말이라도 걸고 싶더라니까요.
스무 살의 어린 숙녀가 멋진 남정네들 앞에서 뀐 방귀는 대책 없이 창피하죠. 생각해봐요. 뒤돌아서 "제가 뀐 방귀 아니에요." 라고 변명하는 게 더 제가 뀐 거 같잖아요.
캡틴도 대책 없이 창피해서 대책 없는 웃음을 불렀던 적 있나요?

꾸리한 추억의 실체

××××

체셔, 화장실에서 고요한 조우를 해본 적 있니?
나에겐 아직도 생각하기 싫은 꾸리한 기억이 있지.
그것도 추억이라면 추억이지. 안 좋은 추억!

그날은 오랜만에 동료 화가들하고 약속이 있는 날
이었어. 간만에 한양 나들이가 설레서 정장도 쫙 빼
입고, 거울도 한번 보고, 바짝 깎은 머리털도 요래
잘 손질했지. 빤딱빤딱 빛나게.
아따 아직 나 안 죽었네 하면서 길을 나섰어.

그런데 서울에 사람 참 많더라. 오랜만에 가니까 길
도 잘 모르겠고, 날은 덥고, 땀은 삐질삐질 나대. 약
속 장소를 찾아 발걸음을 옮기는데, 그때부터 속에

서 뭔가 부글부글 끓는 거야.

그게 그렇잖아 더우면 더 빨리 나올 거 같잖아.

사람이 원래 본능적인 거에 제일 약한 거라. 난 정신없이 화장실을 찾았어. 눈앞의 그 문을 찾았을 때는 심 봉사가 눈을 뜨는 기분이었다니까!

아, 시원하다!

참다 해결하면 원래 더 시원한 법이지. 더 간절했으니까. 한참 큰 볼일을 보고 있는데, 순간 문이 벌컥 열리는 거야. 난 사색이 되어서 문을 쳐다보았고. 그래, 그때 알았지. 내가 너무 다급한 나머지 문고리를 안 잠갔던 거야. 내 나름 상황 파악을 하고 있는데, 누가 나한테 "선생님!" 하고 부르는 거라.

사실 나를 그렇게 잘 알아보는 사람 별로 없거든. 그래서 사람들이 간만에 알아봐 주면 아따 반가워서 내가 사인도 해주고 그러는데, 왜 하필 그 순간 나의 팬을 만났을까. 그것도 화장실에서! 그때 난 웃지도 못하고, 울지도 못하고.

부 러 움 에   대 하 여

×××

캡틴 재미있는 얘기해줄까요?

하늘은 동화 속처럼 파랗고, 키 작은 해바라기들이 햇볕에 춤을 추고 있는 날이었어요. 저는 따뜻한 아메리카노 한잔을 들고 광합성이나 할까 하여, 벤치에 앉았죠. 언덕 위로 사람들이 왔다 갔다 하는 것을 구경하고, 자동차가 검은 매연을 뿜어내며 뜨겁게 한숨 쉬는 것을 지켜보고 있었답니다.

그때였어요. 언덕 위에 서 있던 나무가 옆에 있는 가로등에게 말을 걸었어요.

- 난 네가 참 부러워,
- 내가? 내가 왜?
- 밤이 되면 너는 반짝반짝 빛이 나잖아. 그러면 네

주위로 사람들이 몰려들지.

가로등은 고개를 갸우뚱하고 싶었지만 움직일 수가
없었어요.

-나무야 난 네가 참 부러워.
-내가? 내가 왜?
-넌 오늘같이 산산한 바람이 부는 날에 양팔을 마
  음껏 흔들 수 있잖아. 그러면 너의 이파리들은 파
  르르 파르르 떨며 물결을 이루지. 그리고 너의 나
  뭇가지는 하늘을 향해 한없이 뻗잖아. 난 더 이상
  자라지 않아.

가로등의 얼굴이 시무룩해졌어요. 나무는 이파리
를 움츠렸다 폈어요.
시간이 흘러 하늘은 어두워졌죠.
저는 여전히 그 자리에서 지나가는 사람들을 구경
하고 있었어요. 그때 남녀가 다정하게 손을 잡고 지
나갔지요. 둘은 가로등 아래에서 뜨겁게 포옹을 했
어요.
가로등과 나무도 그 모습을 지켜보았어요. 한없이
부러운 눈길로요.
행복한 모습에 나무는 세차게 나뭇잎을 떨었고, 가
로등은 그들의 두근대는 심장소리에 귀를 기울였어

요. 그러고는 부러움을 숨길 수 없어 불빛을 깜빡거렸답니다.

캡틴!

제가 요즘 부러워하는 대상은 제 옆에서 빵을 굽고 있는 고양이에요(고양이가 웅크려서 앉아 있는 모습을 '빵을 굽고 있다.'라고 표현해요. 그 모습이 흡사 자르지 않은 식빵과 닮아서죠.). 개는 주인이 시키는 대로 충성해야 하잖아요. "손!" 하면 손도 내밀어야 하고 "빵!" 하면 죽은 척도 해야 하고요. 그런데 고양이는 아무것도 안 하고 잠만 자도 사람들이 귀여워한답니다. 개 팔자보다 고양이 팔자가 상팔자라고요! 정말 부럽지 않아요? 고양이처럼 아무것도 하지 않고 놀고 먹을 수 있다면 얼마나 좋을까요.

캡틴 스마일도 살면서 누군가를 부러워해 본 적 있나요? 부러움이란 무엇일까요?

없으니까,
제멋대로 생기는 감정

×××

뉴욕에서 지낼 때, 메트로폴리탄 미술관의 전시를 보고 굉장히 부러웠던 적이 있어.

어떤 수집가의 초상화들 때문이었지. 그 수집가가 평소에 화가들의 작품을 많이 사준 거야. 그래서 화가들은 고마움의 표현으로 그에게 초상화를 그려줬던 거지.

난 각기 다른 모습의 초상화를 보며 그와 화가들 사이의 깊은 신뢰감과 우정을 느낄 수 있었어. 그것만으로도 가슴이 뜨거워지고 울컥 눈물이 나더라.

그림으로 먹고사는 작가들은 누군가가 작품을 사주지 않는다면 현실의 위협을 받을 수밖에 없어. 그림을 그리는 행위마저도.

나는 우리 작가들이 고흐나 모딜리아니처럼 똥구멍
이 찢어지게 가난해서 힘들게 살지 않았으면 좋겠
어. 그러나 현실은 그렇지 않지.
그림 그려서 먹고살기 참 힘들어. 그래서 가끔 이런
것이 가슴 무너지게 부럽지.

속물처럼 들릴지도 모르겠지만, 돈이 많았으면 좋
겠어. 그러면 내가 우리나라 화가들이 돈 없이도 실
컷 그림 그릴 수 있게 작품을 많이 사줄 텐데 말이야.

체셔, 혹시 저축 많이 해뒀어?
있다면 내게 좀 투자하면 어떨까.
이 캡틴이 좋은 일 좀 하게.

깜찍한 배신

××××

남자는 말하는 동물이 싫었어요. 눈빛으로 통하는 동물을 키우고 싶었죠. 그래서 뱀을 키웠어요. 남자는 냉동 쥐를 잔뜩 사서 냉장고에 얼려놨어요. 그리고 아침저녁으로 시간을 두고 먹이로 주었죠. 뱀은 남자가 주는 먹이를 쩝쩝대며 맛있게 먹었어요. 새끼 뱀은 먹이를 먹고 무럭무럭 자라났지요. 남자는 기뻤어요. 자신이 주는 먹이의 양과 비례해서 뱀이 큰다는 건 대단한 성취감을 불러일으켰죠.

남자는 뱀의 이름을 '찰스'라고 지어주었어요. 이름을 부르면 찰스는 꼬리를 찰싹거리기도 하고 남자의 손길을 허락하기도 했죠. 남자는 뿌듯했어요. 둘만의 유대감이 형성된 것 같았어요. 찰스는 낮에는 똬리를 틀고 형광등 불빛을 바라보다가, 남자가 잠들 때에는 온몸을 쭉 폈지요. 남자는 그 모습을 보고 불을 껐어요.

남자는 찰스가 자신과 잘 준비를 하는 거라고 생각했어요.
시간이 흘러 남자는 뱀의 건강 상태를 체크하려고 동물 병원을 찾았어요. 거기서 의사에게 자랑을 했어요.
"찰스는 저와 함께 잘 준비를 해요. 제가 침대에 누우면 찰스도 저와 같이 온몸을 쭉 편답니다."
그랬더니 동물병원 의사의 표정이 어두워졌어요.

애기를 들은 남자의 얼굴은 시퍼렇게 사색이 되었어요. 감히 뱀이 주인에게 깜찍한 배신을 한 거예요. 캡틴, 뱀 이야기는 뱀일 뿐이지만요. 왜 그럴 때 있잖아요. 살면서 나도 모르게 뜻밖의 배신을 당할 때요. 캡틴은 그런 적 없나요?

이 맛이로구나,
배신의 맛!

××××

과연 찰스는 주인을 배신한 걸까?

뱀이 남자에게 "널 먹지 않을 게." 하며 손가락 걸고 약속한 것도 아니잖아. 문제는 그 남자가 뱀의 본능적인 습성을 온전히 알지 못한 것뿐이야.

그런데 체셔, 나도 그랬던 적이 있어. 내가 정말 잘 알고 있다고 생각했던 친구가 다른 사람의 말만 듣고 나보고 "왜 그리 사노? 이상한 놈이다." 이러는 거야. 그 순간 눈물이 쫙 나더라.

나 혼자 그랬던 거야. 그 친구에게 기대를 너무 많이 해서. 사람 그대로를 봐줘야 하는데, 내 마음이 앞서면 그리되지.

그런데 그것도 어이 보면 배신이거든.

뱀이 나를 잡아먹으려고 할 때 이런 놈이구나, 깨달
으면 되는 거야. 내가 알고 나면 잡아먹힐 일이 없지.

때로는 예방주사를 맞듯이 미리 경험해보는 것도
좋지. 뭐, 기분이야 별로겠지만 요런 느낌은 들겠지.
"이 맛이로구나, 배신의 맛!"

사 람 을
여 행 하 는   건

×××

캡틴은 사람 좋아하나요?

귀신과 외계인을 과학적으로 증명할 수 없다고 하
지만, 더더욱 증명할 수 없는 건 아마 사람일 거
예요.

저는 사람에 대한 궁금증이 너무 많아서 낯선 사람
을 만나면 수도 없이 질문을 해요.

그 사람이 살고 있는 세계를 듣고 있으면

꼭 여행을 하는 것 같은 기분이 들어요.

한 번도 가보지 못한 그 사람의 세계를요.

여행을 하고 있으면, 색다른 환경도 구경할 수 있고
그 사람이 좋아하는 사람들도 만날 수 있어요.

그래서 새로운 사람들은 늘 저의 관심을 한 몸에 받죠. 최근에 알게 된 사람은 정말 재미있는 사람이에요. 남자인데 머리카락을 어깨까지 길러서 예수님 머리를 하고, 두꺼운 안경테를 꼈어요. 턱에 난 희끗희끗한 수염을 보면 나이가 좀 있을 듯한데, 패션은 꼭 잡지에서 방금 튀어나온 것처럼 센스가 넘쳐흘렀죠.

그래서 처음 만나서 떠오른 질문은 '도대체 몇 살일까?'였어요. 알고 보니 그는 저의 아빠와 비슷한 세대였어요. 그런데도 커피 한잔을 앞에 두고 무리 없이 얘기를 나눌 수 있는 게 정말 신기했어요. 그는 스스로를 예술가라고 생각하는 사람이었어요. 그래서 '인생을 막 살자.'가 자신의 모토였어요. '막'이라는 표현이 마치 인생을 실험대 위에 올려놓은 거 같았어요. 그 경험으로 인해서 예술이 탄생되기도 하니까요.

일은 요리하는 것처럼 정성 들여서 하고 싶다네요. 때로는 꼬투리 잡는 남자처럼 차갑고, 때로는 밥하는 남자처럼 따뜻한 이중적 면모를 갖고 있대요. 말을 하다가 머리카락이 흘러 내리면 꼭 여자의 손길처럼 섬세하게 귀 뒤로 꽂기도 했어요.

캡틴, 어떤 사람일지 상상이 되세요?
저는 이 사람과 얘기하는 동안 이상한 나라의 앨리

스처럼 신기한 나라를 여행하고 온 느낌이었어요.
우리가 모두 정형화되고, 맞다고 생각하는 것들을
벗어나 살지만 그것이 가장 잘 맞는 옷인 양 사는
사람이었죠. 그래서 그 낯선 행동과 삶의 방식이 거
북스럽지 않았어요.
앞으로 더 알아야겠지만 저는 이제 다른 게 궁금해
졌어요. 그는 일흔이 되어도 여든이 되어도 지금처
럼 나이를 가늠할 수 없는 예술가로 살까요? 만약
그렇다면 그의 삶의 방식을 한번 따라 해보고 싶기
도 하네요.

사람처럼 재미있는 나라도 없어요.
캡틴의 나라도 여행해보고 싶네요.

캡틴, 캡틴은 어떤 사람인가요?

나 , 이 런 사 람 이 야

체셔가 말한 사람을 나도 한번 만나보고 싶군.
재미있는 여행이 될 거야.

나에 대해 궁금하다면 긴말하지 않겠어.
난 이런 사람이니까.

불 시 착 ×××××××××××××

인생에서 길을
잃어본 적 있나요?

×××

어느 여행 작가는 여행 중에 일부러 지도를 보지 않
는대요. 가끔은 길을 잃었을 때 계획했던 것보다 훨
씬 더 좋은 경험을 하고 오기 때문이래요.

저도 오늘 그 작가와 비슷한 경험을 했어요. 신사동
갤러리에서 회의가 있는 날이었죠. 신사동 가로수
길은 갈 때마다 헷갈려요. 골목골목 사이로 또 다
른 골목들이 가지치기를 해서, 가뜩이나 길치인 저
에게는 여간 어려운 길이 아니거든요.
건물이나 사람들에게 정신 팔려 걷다 보면 들어가
야 했던 골목을 놓치고 말지요. 가로수길에는 간판
만 보면 무얼 파는지 아리송한 가게들이 빼곡하고,
지나가는 사람들도 하나같이 멋진 모델 포스를 풍

기고 다녀요.

그런 것들에 한눈 팔고 걷다 보면 어느새, '여기가 어디? 난 누구?'와 같은 멘탈 붕괴 현상에 이르게 되죠.

오늘은 다행히 약속 장소는 잘 찾았는데, 돌아오는 길에서 일명 '멘붕 현상'이 왔어요. 작은 골목들을 요리조리 헤집다 보니 여기가 도통 어디인지 알 수 없었죠. 안 되겠다 싶어서 길모퉁이에 서서 스마트 폰을 꺼내고 지도를 검색했어요. 화면에는 보기만 해도 머리 아픈 지도가 펼쳐졌어요. 한참을 보다가 뜬금없이 눈앞에 작은 가게가 들어왔어요.

출입문 앞에는 골든리트리버 한 마리가 큰 덩치로 가게를 가로막고, 버젓이 대자로 뻗은 채 자고 있었 어요. 상대적으로 가게 문은 너무 작아서 개가 출입 문을 떡하니 막아놓은 꼴이 되었죠. 주인은 뭘 하 는지 코빼기도 안 보이고, 개는 손님한테 들어오지 말라고 시위라도 하는 양 편안하게 누워 있었어요.

저는 그 어이없는 풍경을 바라보다가 입가에 슬며 시 미소가 걸렸어요. 가게를 오가는 사람들의 행동 때문이었죠. 사람들은 하나같이 약속이라도 한 듯 까치발을 들고 자고 있는 개의 틈 사이사이로 발걸음을 옮겼어요.

저도 무엇에 이끌린 것처럼 살금살금 까치발을 옮겨 가게에 들어섰죠. 그곳은 온통 달콤한 냄새로 가득한 초콜릿 베이커리였어요. 문 앞의 개와 손님들의 풍경과 초콜릿의 달콤함이 보기 좋게 어우러졌지요. 아기자기한 소품들과 빵을 고르고 있는 사람들의 여유로운 표정이 행복한 공간이었어요. 마음에 달콤한 향기가 슬슬 스며드는 것 같았어요.
덕분에 스마일 하는 오후였답니다.
가끔은 오늘처럼 길을 잃는 것도 괜찮지 않을까요?
캡틴은 인생에서 길을 잃어본 적 있나요?

나는 매일
낯선 길을 방황해

×××

체셔, 그 작가가 목적지도 없이 낯선 길을 걷는데,
길을 잃는다는 말이 옳을까? 아닐 거야.
일부러 길을 잃는다는 건 낯선 곳에 자신을 풀어놓
겠다는 어떤 의지나 의도일 거야.

나는 매일 낯선 길을 방황해. 새벽 일찍 일어나 길
로도 걷고 길이 아닌 곳으로도 걸어. 주인을 잃어버
린 유기견처럼 산을 쏘다니지. 빡빡머리 남자가 온
통 까만 옷을 입고 어슬렁거리니까 처음에는 동네
사람들이 소도둑이라고 신고를 하는 거야. 그러면
몰래 실실실 내려오고. 아무래도 나는 길이든 뭐든
낯선 것을 좋아하는 것 같아. 낯선 곳으로 가서 뭘
하는 건 아니야. 그저 가만히 앉아 있어.

하지만 낯선 것들이 주는 두려움이 내게도 찾아오긴 하지. 커피도 내게 그랬어. 갈 곳 잃은 맛처럼 처음에는 쌉싸름한 이걸 왜 마시나 싶었는데 자꾸 마시다 보니 맛있더라. 지금은 커피 없으면 죽겠어. 가끔 외국에 갈 때도 공항까지는 엄청 불안해. 그런데 사람이란 동물이 참 신기하지. 막상 가면 싹 잊어버려. 그러다가 또 새롭게 나가게 되면 처음처럼 낯설고 두려워. 결국엔 또다시 금세 적응하지만 말야.

사람도 마찬가지야. 누군가를 우연히 만나는 것도 어쩌면 길을 잃는 일이지. 우연한 곳에서 우연히 만나고, 그것이 소중한 인연이 되기를 바라면서 나는 조그만 종이에 명함을 그려주지. 만약 내일도 낯선 길 위에서 예상치 못한 뭔가와 조우한다면?
외계인이어도 무척 반가울걸.

서 른 에 대 하 여

×××

10대는 20대를 꿈꾸고 20대는 30대를 꿈꾸죠. 하지만 30대부터는 다시 20대를 꿈꾼대요. 스물여섯인 저는 서른둘인 회사 선배의 인생이 궁금해졌어요. 선배는 말했죠.

난 좀 특이하게 스물아홉에서 서른으로 넘어가는 시점이 아무렇지도 않았어. 그런데 어느 날이었지. 친구가 소개팅을 해준다는 거야. 그래서 좋다고 했지. 그런데 얼마 지나서 친구가 그러더라고. 서른이 넘었다고 하니까 남자가 부담스러워 한다고 말이야. 그때 이런 생각이 들었어.

이건 뭐지? 이게 서른이라는 건가?

한번은 카페에서 친구랑 신 나게 수다를 떨던 날이
있었어. 그런데 친구의 눈가 주름이 새삼 눈에 띄는
거야. 설마 하고 나도 거울을 들여다보았어.

친구 결혼식장에 갔어. 이제는 친구들을 하나둘 떠
나보내니 약간 엄마 같은 마음이 생긴달까. 그런데
결혼한 친구들이 모두 남편이 사준 명품 백을 들고
있는 거야. 왠지 나의 가방이 초라해졌어. 며칠 전
에는 백화점 쇼윈도 앞에서 저걸 사야 하나 말아야
하나 골똘히 고민했다니까.

20대에는 남자 만날 때 외모 하나만 봤거든. 그런데
지금은 직업, 능력, 관상, 치열, 심지어 명줄까지 보
게 된다니까! 아, 그리고 대머리 그것도 중요해. 머
리털이 깃털처럼 얇거나 이마가 M 자면 가능성이
있는 거야.

지난 월요일에는 회사 동료가 주말에 뭐 했냐고 물
어보는 거야. 그래서 친구들이랑 놀았다고 했더니
아직도 너랑 놀아줄 친구가 있냐고 묻더라고. 순간
머리가 멍한 느낌이 들었지. 사실 친구들이 거의 다

결혼을 해서 주말에 부르기가 눈치 보이긴 하거든. 노처녀 자가 테스트라고 알아? 내가 예전보다 짜증이 많아졌더라고. 드라마에 나오는 노처녀 히스테리 상사가 충분히 현실적인 캐릭터였어. 그게 바로 나일지도 모른다는 생각에 가끔 자가 테스트를 해봐. 혹시 내가?

캡틴, 선배의 애기를 듣고 있으니 서른이 되어서 좋을 건 하나도 없네요. 저는 그래도 30대의 선배가 멋있다고 생각했는데요. 매사에 자신감 넘치고, 결단력이 있으니까요. 그리고 언제든 짓고 있는 그 여유로운 미소는 매력적이니까요.
하지만 "너도 곧 주름이 생길거야." 하고 말하는 선배의 협박 아닌 협박은 미래로 가고 싶지 않게 만들었어요.
캡틴의 30대는 어땠나요?

무 성 한 여 름
같 은 것

×××

서른 살에 나는 산에 있었다.

나를 찾기 위해 스스로를 가뒀다.

나 자신과 마주 서고 싶었다.

오랜 시간 뒤에 진실한 나와 만났다.

고통의 흔적이었고

괴로움의 흔적이었다.

그 흔적들이 지금 나의 거름이 되었다.

우리가 마흔 살을 '불혹'이라고 하잖아. 그 불혹이라
는 것이 뭐냐 하면, 이제 세상일을 잘 알게 돼서 판
단을 제대로 할 수 있게 되었단 뜻이야. 30대는 그
전이니까 답을 모르는 시기잖아. 그래서 어이 보면
30대가 가장 중요한 거 같아.

그때 나는 다른 사람들처럼 살지 않았어. 돈도 벌지 않고 오로지 나와 그림에만 몰입했어. 10년이란 고통의 시간을 건너야 했지만 그토록 원하던 것들을 찾았지.

사람들이 내 그림을 보려고 갤러리로 몰려들던 날이 그 시간이 지난 뒤에 왔어. 슬며시.

체셔, 내가 인생 선배로서 한 수 가르쳐준다면 말야. 20대는 놀아야 하는 시기야. 논다는 게 진짜 노는 게 아니야. 즐기라는 거지. 즐기는 것과 노는 것은 분명 달라. 나를 찾는 즐거움을 느껴보라는 거지.

그러다 30대가 되면 정말 이것저것 다 해보고, 자신을 분명히 찾아야 해. 진짜 자신에게 진지해야 하는 시기지. 그렇게 살다 보면 40대에는 자연스럽게 구축하는 시기를 맞게 될 거야.

요즘은 30대가 특히 더 중요한 것 같아. 자아와 주
체성이 강해졌으니 말이지. 더 치열하게 자신에 대
해 생각해야 해. 그런데 요즘 젊은이들은 밥벌이에
끌려다니며 머리로만 인생을 사는 것 같아.
안타까워.

체셔, 가슴으로 생각해야 해.
가슴!

결혼해도 될까요?

×××

어느 마을에 공주가 살고 있었어요. 공주가 사는 마을은 대도시에 둘러싸여 있는 작은 숲이었죠. 근처에는 자동차와 버스가 씽씽 달렸어요. 공주는 숲 속에서 엄마, 아빠의 사랑을 받으며 무럭무럭 자랐답니다.

그러던 어느 날 공주의 부모 앞에 마녀가 나타났어요. 마녀는 무시무시한 목소리로 공주의 사주팔자를 예언했어요. 올해가 가기 전에 결혼을 못 하면 영원히 잠에 빠져들 거라고요. 깜짝 놀란 공주의 부모는 딸에게 당장 신랑감을 주선해줬지요.

첫 번째 신랑감은 서쪽 나라 왕자였어요. 서쪽 나라는 목화솜이 많이 나서 무역으로 돈을 많이 벌었어요. 공주는 남자의 사진을 보았어요. 머리끝부터 발끝까지 온몸을 금으로 치장해서 눈이 부셨어요. 그런데 딱 한 가지 단점이 있었어요. 바로 대머리라는 것이었죠. 공주는 눈살을 찌푸렸어요. 도저히 대머리는 못 만날 거 같았으니까요.

공주의 엄마는 두 번째 신랑감을 소개해줬어요. 남쪽 나라의 신하였죠. 공주는 남자의 사진을 보았어요. 기사 옷을 입고 있었지요. 떡 벌어진 어깨와 인자한 미소가 훈훈한 느낌을 자아냈어요. 공주는 흡족한 미소로 고개를 끄덕이다가, 갑자기 한 가지가 마음에 걸렸어요. 직업이 신하라는 거예요! 자신이 공주인데 신하와 결혼하는 것은 명예적으로 흠이 날 것 같았어요.

공주는 이 사람도 아니라는 결론을 내렸고, 부모는 큰 걱정에 빠졌어요. 이제 올해도 며칠 안 남았거든요. 하지만 외모, 돈, 명예, 모든 걸 갖춘 남자를 찾기는 쉽지 않았어요. 공주에게 한 가지라도 포기해보라고 설득했지만 공주는 요지부동이었죠.

드디어 마녀가 말했던 그날이 다가왔어요. 공주는 마녀가 예견했던 대로 깊은 잠에 빠져들었지요. 어쩔 줄 모르는 공주의 부모에게 마녀는 세 번째 왕자가 찾아온다면 공주가 깨어날지도 모른다는 얘기를 남겼어요.

그렇게 몇 년이 흘렀어요. 북쪽 나라 왕자가 우연히

공주의 숲을 지나게 되었어요. 사람들은 왕자에게 숲 속의 공주가 잠들어 있다고 귀띔해주었죠. 왕자는 공주를 찾으러 숲으로 들어갔어요. 우거진 나무 아래 공주가 고요히 잠들어 있었어요. 왕자는 공주를 흔들어 깨웠어요. 공주가 하품을 하며 기지개를 켰죠. 그런데 공주를 깨운 왕자는 얼굴에 여드름이 자글자글하고, 뱃살을 타이어마냥 두른 못생긴 남자였어요. 공주는 꺄악 소리를 질렀어요. 엄마, 아빠!

꼭 결혼을 해야 하나요?
차라리 다시 잠들고 싶어요!
내가 상상했던 환상 속의 왕자님은 어디에 있나요.

캡틴, 오늘 점심시간에 선배가 그러더라고요. 서른 살이 되어도 정신 연령은 20대와 다름없는데 자꾸만 결혼을 해야 할 거 같대요. 서른이 되고 나니 결혼이 현실로 다가오고, 사회가 원하는 틀에 자신을 맞춰야 할 거 같은 압박감이 든대요. 그러나 정작 이것저것 따지면 남는 남자는 없다는데요.

결혼, 과연 하면 행복할까요? 저도 여자로서 고민이 되긴 하네요. 결혼을 해야만 하는 걸까요?

니 결혼할 수
있겠노?

XXX

아이구야, 이것도 참 어려운 질문이다.
우리 마누라 눈치 보이네.
난 어렸을 때부터 당연히 결혼을 해야 한다고 생각
했어. 그래서 내가 꿈꾸는 결혼 생활은 달콤했지.
가족들이랑 알콩달콩하게 손잡고 예쁘게 사는 걸
꿈꿨지. 그런데 말 그대로 꿈이더라. 결혼에 대한
환상, 그거 위험한 거야.

막상 결혼을 하고 나니까 가정이라는 책임감이 탁
하고 왔어. 그 책임이란 게 뭐냐 하면 공존이거든.
그 공존이 참 힘든 거야. 내 이상도 있고, 상대방도
나에게 원하는 게 있으니까 부딪히는 거지.

결혼은 함께하는 것이다.
함께하고자 결혼하는 것이다.
함께 살아내야 하는 책임과 의무로 가득한 세계다.
나라는 개인의 행복보다는
가족 전부의 행복을 추구하는 미래다.

젊은이들이 내게 와서 결혼에 대한 고민을 털어놓으면 난 이렇게 말해.

니 결혼할 수 있겠노?

결혼은 꼭 하지 않아도 되지만 하고 나면 꼭 지켜야 하는 약속이야. 그러니 우선, 자신이 결혼에 어울리는 사람인지 알아야 해. 자기 자신에게 진지하게 질문하고 낱낱이 헤쳐봐야 해. 여러 각도에서 바라볼 필요가 있지. 결혼은 혼자 하는 게 아니니까. 그럼에도 결혼 후의 삶이 불행하다면 마땅히 헤어지는 결정을 내릴 수 있어야 해. 그게 내가 해줄 수 있는 독한 조언!

다시 한 번 말하지만 결혼은 힘들다!
나 혼자 사는 게 아니니까 눈치 봐야 하잖아.
같이하려면 다 내려놓고 살아야지.
달콤한 사랑, 동화 같은 이야기 상상하지 마.

아프게 생각해라.

쓰라리게 고민을 해야 해.

세상눈을 신경 쓰는 건 금물!

그 것 은 이 름 하 야
삼 . 겹 . 살 !

×××

캡틴, 저는 게임을 정말 못해요.
게임은 기획, 음악, 그래픽이 멋지게 어우러진 종합
예술이라고도 하지만 하수여서 그런가. 도통 어디
서 재미를 느껴야 할지 잘 모르겠어요. 그럼에도 제
가 정말 좋아하는 게임이 있어요.

그것은 바로, 이름하야 고.기.굽.기. 게임!

캡틴 지금 웃고 있죠? 비웃지 말아요. 저는 정말 진
지하게 고기 굽기 게임을 좋아한단 말이에요.
고기 굽기 게임은 말 그대로 고기를 잘 굽는 게임이
에요. 고기판에 고기를 올리고, 적절한 타이밍에
잘 뒤집어서 고기를 타지 않게 하는 것이 목표죠.

채끝살, 부챗살, 삼겹살 등 각종 고기의 종류도 고를 수 있어요. 마우스로 마음에 드는 고기를 골라서 고기판에 올려놓으면 '치이익' 하는 소리가 진짜 고깃집에 온 거 같은 착각을 불러일으키죠. 게임을 하는 내내 고기 굽는 상상이 돼서 행복해요.

고기 얘기를 하고 있으니 정말 삼겹살이 먹고 싶어지네요. 삼겹살의 매력은 뭐니 뭐니 해도 두툼한 비주얼과 뿌리칠 수 없는 냄새에 있죠. 노릇노릇하게 익은 삼겹살을 입속에 넣었을 때 쫙 퍼지는 기름기와 말랑말랑하면서도 쫄깃한 식감은 굳이 제가 말 안 해도 느낌, 아시겠죠?

얘기하다 보니 배가 고파졌어요. 지금은 밤 열두 시고 분명 저녁도 잘 챙겨 먹었는데……. 야식은 안 된다, 뱃살의 주범이다. 생각을 다잡고 참고 있어요. 그런데도 삼겹살이 머리 위로 빙빙 떠다녀요. 하다 못해 냄새까지 나는 것 같아요.
아, 어떡하면 좋죠.
캡틴은 어떤 야식 좋아하세요?

요리의 정체성을
찾아서

×××

식당 음식은 No!

내 손으로 직접 만든 음식은 Yes!

아무래도 나는 손으로 하는 걸 좋아하나 봐. 사람들이 작업실에 찾아오면 맛있는 음식을 만들어 먹이고 싶어서 안달이 나.

음식은 잘하냐고? 글쎄! 체셔가 직접 먹어보고 평가해줘. 어떤 요리를 가장 잘하냐고는 묻지 않았으면 좋겠어. 왜냐고? 그때그때 상황에 따라 다르거든.

먼저 냉장고 문을 열고 '쫘~악' 스캔을 하는 거야. 어떤 재료가 있느냐에 따라 메뉴가 결정되니까. 당연히 레시피도 없지! 그냥 감으로 만들어.

재료를 보면 어떤 요리를 해야 할지 머릿속에 쓱 그
려져. 그런데 가끔 문제가 생겨. 나조차 요리의 정체
에 대해서 모를 때가 있다는 거지.

내가 그림을 안 그렸다면 요리사가 되었을까?
그림도 어떤 대상을 어떤 재료로 그리냐에 따라 다
르듯. 요리도 재료와 조리법에 따라 매번 다른 맛이
나오지.

하지만 나 혼자 있을 때는 게으름뱅이야.
라면 하나 뚝딱 끓여서 후루룩 짭짭! 식사 끝!

대 낮 키 스
독 려 위 원 회

XXX

캡틴, 오늘은 할 일 없는 여유로운 토요일이고, 밖
에는 햇볕이 쨍쨍해요.
그렇죠! 이런 날은 바로 낮술 하는 날이죠!
홍대 뒷골목 연남동에는 작은 가게들이 많아요. 하
나같이 작은 장난감 집을 다닥다닥 붙여놓은것 같
지요. 그래서 그런가. 메뉴도 특이하고, 가게 사장
님의 확고한 철학도 느낄 수 있어요. 이것이 제가 연
남동의 가게들을 즐겨 찾는 이유예요.

오늘 낮술 장소로 당첨된 곳은 테이블이 네 개밖에
없고 파스타만을 안주로 파는 곳이었어요. 어쩐지
소주와 파스타는 안 어울릴 거 같은데 말이죠.
우리는 벽 앞에 놓인 테이블에 앉았어요. 친구가

화장실을 간 사이 저는 가게 내부를 둘러보았죠. 그러다가 벽에 붙어 있는 재미있는 포스터를 발견했어요.

포스터의 제목은 '대낮 키스 독려 위원회'였어요. 남녀가 푸른 초원 위에서 키스를 하는 그림이었죠. 밑에는 '대낮에 키스하는 사람들이 많아지면 행복해져요.'라는 글이 쓰여 있었어요. 웃음이 났어요. 사실 그렇잖아요?
대낮에 키스하는 사람들이 많아지면, 세상은 대낮에도 밤하늘의 별처럼 하트가 쏟아질 거예요.

캡틴, 대낮 키스에 대해 이야기하다 보니, 구스타프 클림트의 〈키스〉가 생각나네요.
이 그림이야말로 대낮 키스를 독려하는 그림 아닐까요. 클림트의 그림을 보고 있으면 황금빛의 몽환적인 풍경과 키스의 황홀한 느낌이 그대로 맞닿는 것 같아요. 게다가 남자가 큰 손으로 여자의 볼을 꼭 감싸고 있으니, 여자는 사랑받는 것이 분명해요. 그림 속의 여자가 부럽네요. 분명 달콤한 키스를 하고 있을 거예요.

아, 저도 갑자기 키스하고 싶어지네요.
낮술을 먹어서 그런가?

보 고   있 나
클 림 트 ?

×××

그것 참 멋진 생각인걸, 체셔!
그 포스터가 붙어 있는 곳이 어딘지 내게 알려줘.
나도 그 위원회에 당장 회원 가입하러 가야겠어.

대낮이라는 시점이 마음에 들어. 내 나이쯤 되면
야심한 밤에도 키스라는 걸 하기가 찜찜하고 부끄
럽거든. 그런데 대낮이라고 하니, 가슴이 달그락달
그락 떨리네.

키스라는 단어 하나에 떨리는 날이 있고
내 첫 키스가 새삼 궁금해지는 날이 있다.
언젠가 했었던 키스처럼 거짓 같은 삶의
진실에 대해 질문하고 싶은 날이 있다.

사랑하는 사람과 내가 나누는 세상에서 가장 가까
운 교감. 환상을 불러일으키는 거짓말 같은 감촉!
나도 체셔처럼 키스라는 단어를 떠올리면 구스타프
클림트가 떠오르지.

〈키스〉에는 두 사람 사이에 흐르는 감정이 고스란
히 느껴지거든. 그래서 많은 이들이 이 그림을 좋아
하나 봐.
괜히, 장난감 앞의 아이처럼 설레잖아.
누군가의 품에 안기고 싶게 두근두근하잖아.

그의 그림을 보면 질투가 나. 똑같은 것을 똑같지
않게 그리는 능력이 부러워서.
언젠가는 나도 그런 그림을 그리고 말 거야. 환한 대
낮에도 키스하지 않으면 미칠 것 같은 그림 말이야.
행복해서 절로 웃음이 나는 그림을 그리는 화가 이
목을이 되는 거지. 그땐 지하에 있는 클림트가 나
를 질투하겠지.

보고 있나? 클림트!

사 랑 이 란   감 정 ,
무 엇 일 까 요 ?

×××

밀물처럼 쓱 들어와,

정신 못 차리게 온몸을 적시더니

그 물 한 움큼 쥘 새도 없이

썰물처럼 쏙 빠져나갔다.

캡틴, 사랑은 도대체 뭘까요? 사랑을 하면, 세상에
서 가장 가까운 사이가 되잖아요. 가족이나 친구처
럼 오랜 시간을 함께 보내지 않았는데도 마음속 가
장 깊은 얘기를 털어놓을 수 있지요. 그러다가 헤어
지면 영원히 만나지 못할 사람으로 묻어두게 돼요.

가장 뜨거웠다가

가장 차가운 관계가 되죠.

이상해요. 헤어지고 나면 꼭 저만 사랑했던 것 같은 피해 의식에 시달려요. 좋은 기억들은 다 어디로 갔는지, 안 좋은 기억들만 수두룩히 생각나요. 사랑을 할 때는 그렇게 좋은 사람도 없는데, 헤어지고 나면 세상에서 그렇게 나쁜 사람도 없죠.

오늘 김창옥 교수의 '세상을 바꾸는 15분'이라는 프로그램에서 '나는 당신을 봅니다'라는 강의를 보았어요. 스스로를 소통 전문가라고 칭하는 그는 어린 시절 가족과의 트러블을 꺼내서 사람과 사람이 대화하고, 사랑해가는 과정을 이야기했어요. 그중 유달리 제 귀에 콕 박힌 말이 있어요.

사랑하는 건 뒷모습이 보이는 순간이래요.
그 사람의 뒷모습이 보일 때부터
그 사람을 사랑하게 된 거래요.

그때 그 사람이 생각났어요.
가을 하늘답게 유난히 노을이 붉었던 날이었죠. 그는 멀어져가는 저를 배웅하며 오래도록 저를 지켜보았어요. 제 뒷모습에 그가 말을 남겼어요.

이제야 네 뒷모습을 보게 되었는데,
이제야 널 사랑스럽게 보게 되었는데,

그때는 그 말을 잘 이해하지 못했어요.
그는 그 뒤로도 계속 제 뒷모습을 봐주었어요. 우리
가 마지막으로 만난 날에도 그는 끝까지 제 뒷모습
을 바라봐주었죠.

김창옥 교수의 말들이 그의 기억과 포개져서 제 마
음을 울렸어요. 그가 날 사랑했을까 의심했던 생각
이 와르르 무너져, 과거 한 켠 가둬두었던 마음들이
낱낱이 흩어졌어요.

그때는 왜 그가 날 사랑했다는 걸 느끼지 못했던 걸
까요. 왜 저는 항상 사랑해 달라고 떼쓰는 어린아이
였을까요.

왜 사랑은 잡으려고 하면
자꾸 엇갈리는 걸까요.

이 따 금   울 컥 거 려

×××

사랑은 마음 안으로 들어왔다가 나가는 감정.
그 감정에도 앞모습과 뒷모습이 있지.
체셔가 몰랐던 뒷모습이 바로 그런 것이겠지.
누구든 앞모습을 보는 동안은 뒷모습을 볼 수 없어.
우리는 늘 어느 한쪽 면만 보게 되니까.
그러다가 문득 뒷모습을 보면 얼마나 애잔해.

사람들은 사랑이라는 감정을 대단한 거라고 여겨.
그러나 나는 그렇게 생각하지 않아. 단순해. 수호천
사처럼 그냥 지켜주는 것. 사랑한다고 떠벌리면서
거창하게 폼 잡지 않고 뒤에 서서 조용히. 아무도
모르게 지켜주는 게 사랑 아닐까?

사실 나도 잘 모르겠어.
사랑의 뒷모습을 본 줄 알았는데 앞모습이기도 하고,
앞모습을 본 줄 알았는데 뒷모습이기도 했어.
사랑할 때는 알 수가 없지.

체셔, 난 누군가를 멀리서 바라보기만 한 적이 많아. 내가 사랑하는 방식은 그런 거였으니까.

사랑하는 사람의 뒷모습을 보고 있으면
이따금 울컥거려.

뒷모습은 내게 오는 모습이 아니라 멀어져가는 그림자 같으니까. 하지만 뒷모습을 보지 않고 어찌 다시 앞모습을 볼 수 있겠어.
체셔에게도 지금과 다른 사랑이 올 거야. 가슴을 쿵쿵 뛰게 하는 그날이. 사랑은 꼭 엇갈리지만은 않으니까.

사랑하는 사람과 함께 웃는 그날이 올 거야.

나쁜 남자와
착한 남자,
그 사이

×××

새파란 바다가 휘파람을 불었어요. 파도 소리가 너울대고 지평선이 끝없이 펼쳐진 날이었죠.

인어공주는 새로 산 조개껍데기 머리핀을 꽂고 나들이를 나갔어요. 미역풀도 살랑살랑, 구름도 뭉게뭉게 손을 흔들었어요.

그때 멀리서 배가 나타났어요. 왕자가 돛 앞에서 당당한 자태로 서 있었지요. 배는 인어공주를 향해 점점 더 가까이 다가왔어요. 인어공주는 깜짝 놀라 바위 뒤에 숨었어요. 멀리서 본 왕자는 긴 다리와 검정 슈트가 무척 잘 어울리는 남자였어요. 인어공주는 왕자를 오랫동안 바라보았어요. 그의 표정에서 묻어나는 고독이 적막한 바다와 잘 어울린다고 생각했죠. 그 뒤로도 인어공주는 왕자를 보기 위해

수면 근처를 배회했어요.

그러던 어느 날 달이 휘황하게 뜬 밤이었어요. 고요한 바다에 철썩거리는 파도의 목소리만 메아리쳤어요. 인어공주는 바위 뒤에서 몰래 왕자가 나타나기만을 기다리고 있었지요. 그런데 갑자기 뒤에서 인기척이 나는 거예요. 돌아보니 멋진 왕자였어요. 왕자는 영롱하게 빛나는 조개를 공주에게 내밀며 말했어요.

"우리 내일 밤 아홉 시에 여기서 다시 볼 수 있을까요?"

인어공주는 고개를 끄덕였어요. 그리고 집으로 돌아가서 언니들에게 자랑을 했죠. 언니들은 호들갑을 떨며 인어공주가 데이트할 때 입을 옷을 골라주었어요.

다음 날 인어공주는 왕자가 준 조개 목걸이를 하고, 설레는 마음으로 약속 장소에 나갔어요.

하지만 그곳에서 인어공주는 왕자가 이웃 나라 공주와 함께 있는 모습을 보고 말았어요. 결국 인어공주는 실망스러운 마음을 끌어안고 그대로 집으로 돌아왔어요. 인어공주의 이야기를 들은 넷째 언니가 왕자를 나쁜 남자라며 욕했어요.

"아무리 멋있어도 이 여자 저 여자 만나는 그런 남자는 만나면 안 돼. 인어공주야, 내가 좋은 사람을

소개해줄게. 한번 만나보렴. 백설나라 숲에서 착하
기로 유명한 사람이야."
넷째 언니가 소개해준 사람은 일곱 난쟁이 중 다섯
번째 난쟁이였어요. 인어공주는 영 내키지 않았지
만 한번 만나보기로 했지요.

다음 날 인어공주는 메기역 정거장으로 나갔어요.
멀리서 키 작은 남자가 다가왔어요. 다섯 번째 난쟁
이는 인어공주를 보자마자 선물이라며 사과를 내
밀었죠. 백설나라 숲에서 따온 사과였어요. 인어공
주는 사과마저도 탐탁지 않았어요. 다섯 번째 난쟁
이는 인어공주의 냉대에도 불구하고 하루 종일 즐
거운 데이트를 선사했답니다.
난쟁이와 헤어지고 집으로 돌아온 인어공주는 한
숨을 쉬었어요. 분명 다섯 번째 난쟁이가 더 좋은
사람인 건 알겠는데, 멋진 왕자가 자꾸만 떠올랐거
든요. 늦은 밤, 인어공주는 다시 바위를 찾아갔어
요. 그리고 하염없이 왕자가 나타나기만을 기다렸
답니다.

캡틴, 여자들은 이상하죠.
왜 착한 남자보다 나쁜 남자를 더 좋아할까요?

빤 히 읽 히 는 예 술 ,
재 미 없 잖 아 ?

×××

우선 내 질문에 답부터 해봐.

착한 건 뭐고,

나쁜 건 뭐지?

착한 여자, 나쁜 남자라고 말하는 기준이 대체 뭘
까. 내 말을 잘 듣거나 원하는 대로 해주면 착한 사
람이고 그렇지 않으면 나쁜 사람?
일반적인 나쁘다, 좋다 사이의 기준과 연애할 때의
그 개념은 조금 다른 것 같아. 예를 들어 이런 게 아
닐까 싶어. 자기중심적인 사람은 나쁜 남자고, 상대
를 배려하는 사람은 좋은 남자.
그런데 신기하게도 자꾸 나쁜 남자에게 끌리지. 이

런 게 어이 보면 '밀당'이란 부분이거든. 착한 남자
는 당겨지는 거고 나쁜 남자는 밀어버리는 거지. 나
쁜 남자는 멀리 달아나버릴 거 같으니까 여자들이
실실실 끌려간다니까. 심리적으로 보면 내 멋대로
안 되기 때문에 매력적인 거야.

체셔, 상황이 뻔히 보이는데도 나쁜 사람에게 끌리
는 자신이 밉고 싫지?
내가 비법을 하나 알려줄 테니 잘 들어봐.
체셔도 나쁜 여자가 되어봐!
독할 정도로 나쁜 여자!
나 몰라라 하고 제멋대로였던 나쁜 놈들이 체셔 뒤
에 줄줄이 사탕처럼 매달리게 될 거야.

귀신에게
엉덩이 찔려본 적
있나요?

×××

낮서부터 밤처럼 깜깜하더니 결국 비가 오네요.
이번 장마는 언제 끝날런지. 천둥 번개까지 동반해
서 우리 집 고양이 꼬맹 씨는 결국 이불 속으로 대
피했어요. 저는 커피를 타 책상에 앉았어요. 한여
름인데도 장맛비 때문인지 목뒤가 으스스한 것 같
아요. 역시 이런 날은 무서운 이야기가 잘 어울리
지요.

그럼 이참에 무서운 얘기해 드릴까요? (미리 얘기해
두는데요. 무서울 거 같으면 밤에 읽지 마세요. 여고 괴담
보다도 무서운 얘기가 생활형 귀신 얘기니까요!)
그날은 평소랑 다를 게 없는 주말이었어요.
거실에는 동생이 러닝머신을 하고 있었고, 저는 늦
게 일어나서 겨우 눈곱만 떼고 화장실로 들어갔어

요. 여느 때처럼 고개를 숙이고 샤워기를 틀었어요. 샴푸를 짜서 머리에 거품을 냈죠. 그런데 누가 갑자기 검지로 엉덩이를 '콕' 찌르는 거예요. 동생이 장난을 치나 싶어서 머리를 숙인 채로 "하지마!"라고 소리쳤어요. 그런데 또 엉덩이를 찌르는 거예요.

아!
다시 소리치려는 순간 온몸을 감싸는 한기가 느껴졌어요. 잠이 확 깼어요. 동생을 다시 부르려는데 여전히 거실에서는 러닝머신 뛰는 소리가 계속 나는 거예요. 그럼 저의 엉덩이를 찌른 사람은 누구였던 걸까요? 이쯤 되자 생생했던 느낌에 몸이 바짝 얼었고, 도저히 일어서서 뒤를 돌아볼 용기가 나지 않았어요. 할 수 없이 공포 영화처럼 고개를 숙인 채 다리 사이로 뒤를 둘러봤어요.

아무도 없었어요.
머리가 쭈뼛하고, 온몸이 오싹했어요. 화장실을 벗어나려고 빠른 속도로 물을 틀고 머리를 헹궜죠. 그런데 그 순간 또 누군가가 엉덩이를 찌르는 거예요! 저는 놀라서 머리를 감다 말고 미친듯이 뛰쳐나왔어요.

뚝뚝. 거실 바닥에 머리카락에서 흘러내린 물이 방

울방울 떨어졌어요. 동생은 여전히 태연하게 운동을 하고 있었고 빼꼼 열린 거실 창문에서 불어오는 바람이 싸하게 제 몸을 훑고 지나갔어요. 온몸에 돋은 소름만 저에게 있었던 일을 증명해주는 것 같았답니다.

캡틴, 머리 감을 때 귀신이 뒤에 서 있다는 얘기가 괜히 있는 게 아니라니까요. 그런데 그 귀신도 좀 웃기네요. 왜 하필 엉덩이를 찔렀을까요? 장난기가 많은 귀신이었나. 아니면 제 엉덩이가 매력적이었던 걸까요. 지금이라면 이렇게 말하겠어요!

저기요! 숙녀의 엉덩이를 찌르다니 무례하네요!

캡틴, 귀신 본 적 있나요?
캡틴도 머리 감을 때 귀신 조심하세요~
아차! 캡틴은 감을 머리가 없죠(캡틴이 빡빡머리라는 걸 깜빡했네요.).

이 목 을 = 귀 신 ?

체셔, 혹시 그랬던 건 아닐까? 귀신이 이생에 살았을 때 사랑과 관심을 못 받았던 거지. 맘에 드는 사람 옆구리도 한번 찔러보지 못하고 생을 마쳤으니 얼마나 억울했겠어. 그러다가 매력적인 체셔의 엉덩이를 발견하고 참을 수 없었던 거야.

어때? 내 추측이 맘에 드나?
좋겠다, 체셔는 관심 가져주는 귀신도 있고.
내 엉덩이도 매력적인데 왜 아무도 찔러주지 않는 거지? 아무도 탐내지 않으니 괜히 섭섭하고 아쉬운걸.

내 영혼에 상처를 내지 않는 한

나는 모든 것을 받아들일 준비가 되어 있다.

귀신이 있는지 없는지 나는 몰라. 외계인이 존재할
거라고 추측하듯 귀신도 없지는 않을 거라고 믿
을 뿐.

우리가 본다고 하는 세상은 얼마나 좁은가.
안다고 하는 것은 또 얼마나 초라하고.
귀신이 존재하느냐 아니냐 하는 물음은
인간의 개념으로는 도무지 알 수 없는 세계가
많다는 명백한 증거.

예술이라는 것도 보이지 않거나 믿기지 않는 어떤
세계에 대한 궁금증을 찾아서 푸는 행위라고 생각
해. 그러니 나는 확인되지 않은 미지의 세계로 가서
불확실한 것들을 확인하는 순례자!

엇?
그러면,
이목을=귀신?

에드워드 호퍼,
11AM

×××

잠에서 깼어요. 아침이에요. 아무런 생각이 들지 않아요. 시계를 봐요.

바닷속 부유물처럼 출근에 대한 강한 강박관념이 마음속을 떠다녀요.

기계처럼 출근 준비를 마치고 지하철에 탔어요. 지하철에서 내리면 사람들의 틈을 비집고 회사로 향해요. 시간은 생각 없이 빠르게 흘러가요. 어느새 퇴근 시간이 되면 자연스럽게 자리에서 일어나요.

퇴근길에는 버스를 탔어요. 이 시간의 버스는 세상에서 가장 힘든 사람만 모아놓은 것 같아요. 모두

들 지친 표정을 하고 있어요. 의미 없이 스마트폰을
보고 있거나, 낯선 곳을 멍하니 보고 있는 여자들
이 보여요. 어딘가 모르게 외롭게 느껴져요. 어쩌면
지금 저의 모습도 다르지 않을 거 같네요.

에드워드 호퍼의 〈11AM〉은 벌거벗은 여자가 홀로
소파에 앉아 있는 그림이에요. 방은 여자에게 낯선
공간인 듯 불편해 보여요. 벽지와 커튼은 모두 따뜻
한 노란색을 띠는데 왜 차갑게 느껴지는지 모르겠
어요. 머리카락을 풀어헤친 채 창밖을 바라보는 여
자의 분위기 때문일까요?
가끔 퇴근하고 집에 혼자 있으면 그림 속 여자처럼
멍하니 앉아 있을 때가 있어요. 무엇을 생각하는지,
어떤 기분인지도 잘 모르겠어요.

그러고 보니 이 그림의 제목은 〈11AM〉이네요. 고
독하게 앉아 있는 여자는 밤과 더 잘 어울릴 텐데,
왜 작가는 배경을 오전으로 그린 걸까요?

고요하고, 적막한 그녀의 분위기가
어딘가 모르게 낯이 익네요.
언젠가 마주쳤던 것 같아요.

여 인 은   창 밖 에 서
무 얼   보 았 나

×××

생각할 것이 특별히 없을 때 이렇게 앉아 있지.

멍하게. 멍 때리고 있는 거지.

어이 보면 우울하다.

> 고독하다.
>
> 그리움이다.
>
> 그리고
>
> 한가로움이다.

호퍼는 원래 디자인 일을 했는데 아내의 도움을 받
아 전업 작가가 되었어. 그는 그 당시의 시대상과 일
상을 대비시킴으로써 가장 미국적인 이야기를 했
지. 미국인으로서 겪는 삶을 고스란히 그려냈어. 이

그림처럼 물끄러미 창밖을 바라보는 것으로부터.

〈11AM〉을 보고 있으면 주인공은 가만히 앉아 있는데, 세상이 빛처럼 빠르게 돌아가는 영화 속 장면이 떠올라.
풍경처럼 가만히 앉아 있는 저 여인과 달리, 세상 사람들은 고독 따위는 잊고 열심히 살고 있겠지. 창을 넘어 들어오는 빛처럼 열심히 살겠지. 나처럼, 체셔처럼.

엄 마 에 대 하 여

XXX

엄마의 능력 하나

어렸을 때는 이런 생각을 했어요. '엄마'라는 직함
을 달면 눈물이 나지 않는구나. 퍽 하면 우는 나도
엄마가 되면 울지 않겠지. 한 번도 엄마의 눈물을
본 적이 없었으니까요.

엄마의 능력 둘

말 안 듣기로 유명한 고양이도 엄마에게 가면 막내
딸이 돼요. 엄마의 교육에 따라 이름을 부르면 "야
옹!" 하고 대답할 줄 알게 되었지요. 엄마는 모든 생
물을 자식으로 만들 수 있나 봐요.

엄마의 능력 셋

새벽녘 물 마시러 갔다가 맞닥뜨린 바퀴벌레와의 만
남에도 유연할 수 있어요. 딸이 소리를 지르면 자다
가도 벌떡 일어나서 영화 속 영웅처럼 멋지게 벌레
를 잡아주지요.

엄마의 능력 넷
마트 세일 때는 숨겨왔던 잠재력을 발휘해서 달리기
를 해요. 그 속도와 집착은 두 발로 시속 90km를
달린다는 타조와 같아요. 그러고는 처음 보는 옆 사
람에게 아주 오래된 친구처럼 친근하게 말을 걸지
요. "이거 세일 맞죠?"

엄마의 능력 다섯
엄마는 새벽같이 일어나서 가족들의 아침밥을 챙기
고 출근을 해요. 집에 돌아오면 하루 종일 일하다
온 사람이 맞나 싶을 정도로 가족들에게 잔소리를
하지요. 잔소리 타임이 끝나면 집안일을 마저 하고
열두 시가 넘도록 TV를 보다가 잠들어요. 엄마 몸
에는 절대 방전되지 않는 배터리가 들어 있는 게 틀
림없어요.

엄마의 능력 여섯
아빠에게 "엄마 말 좀 잘 들어라." 하는 소리를 들었
어요. 엄한 아빠 목소리에 조그맣게 "네."라고 대답

했죠. 그런데 며칠 뒤, 할머니가 아빠에게 "엄마 말 좀 잘 들어라." 그러는 거예요. 아빠는 "엄마는……, 내가 애예요?" 하고 말했지만 네, 아빠는 분명 그 순간 애 같았어요. 엄마라고 부르는 순간 엄한 아빠는 온데간데없고 일곱 살짜리 어린아이가 된 거 같았죠. 엄마 앞에 서면 어른도 철 없는 아이가 되나 봐요.

엄마의 능력 일곱
오늘은 엄마와 싸우고 나왔어요. 별거 아닌 일로 큰 일이라도 난 것처럼 소리를 질렀죠. 하루 종일 엄마가 미웠는데, 퇴근길에 배가 고프니 이상하게 엄마 생각이 나네요. 배고프면 엄마 생각이 나게 하는 마성의 주문이라도 부린 걸까요?

엄마가 되면 뭐든지 할 수 있는 특허라도
받아오는 것일까요. 캡틴, 엄마란 존재는 무엇일까요?

캡틴의 엄마는 어떤가요?

엄마는
엄마 하면
끝!

×××

시인에게 어머니는 시고,

작가에게 어머니는 이야기고,

화가에게 어머니는 그림이다.

내가 결혼할 때, 엄마의 기억이 여태껏 생생해. 결혼을 해야 하는데 모아둔 돈이 적어서 영 난감했지. 철이 없었던 나는 아내랑 짜고 패물을 모두 가짜로 했어. 진짜같이 포장도 근사하게 해서 처갓집은 잘 속였거든.

그런데 엄마가 그 사실을 어떻게 알았는지 버선발로 달려왔어. 주름진 손으로 현금 800만 원을 꺼내 놓으며 "네 색시 예단은 내가 해주고 싶다." 하는 거야. 아버지의 사업 실패로 거지꼴이 된 집에 그런 돈이 있을 리 만무했지.

알고 보니 내가 용돈 삼아 조금씩 보내드린 걸 한 푼도 쓰지 않고 모았다가 내놓은 거였어. 왈칵 눈물이 나더라. 도저히 그 돈을 받을 수 없어서 몇 번이나 거절을 했어.

더는 거절할 수가 없었지.

오늘도 엄마한테 전화가 오면 "밥 묵었나? 밥 묵었다." 이렇게 하면 끝인 거라. 그게 전부인 거라.

아 빠 에   대 하 여

×××

어렸을 적 아빠는 밥상 앞에서 반찬 투정을 하는 떼
쟁이였어요. 엄마의 잔소리를 피해 숨어 다니는 겁
쟁이였어요. 놀러 가는 주말을 손꼽아 기다리면 아
빠는 꼭 늦잠을 자고 오후 늦게 일어나서 게으름을
피웠어요. 아빠는 TV를 보면서 "아빠 빼고 다 늑대
다."라고 말하는 거짓말쟁이였어요.

하지만 아빠는 가끔 하얀 거짓말도 해주었어요. 내
가 비싼 옷을 사온 날에 엄마는 으레 옷값을 추궁
했어요. 그러면 아빠는 진짜 옷값의 딱 반을 얘기하
며 엄마 뒤로 몰래 윙크를 날렸어요.

어렸을 적 내 기억 속의 아빠는 저녁 일곱 시마다
과자 한 보따리를 사 들고 오는 사람이었어요. 그래

서 나와 내 동생은 아빠를 기다리기보다는 아빠가 사오는 과자를 기대하며 설레는 맘으로 시계를 바라보았어요.

그리고 사춘기 때는 엄마와의 싸움을 말려줄 사람으로 아빠를 기다렸어요. 한창 예민하던 시절 답도 없는 얘기로 엄마와 소리 지르고 있으면, 아빠는 썰렁한 농담으로 엄마를 말리고 따뜻한 웃음으로 저를 토닥여주었어요.

**저에게 아빠는 항상 기다림이었고,
말 없는 존재였어요.**

캡틴, 나는 아직도 아빠의 마음을 잘 몰라요. 눈을 마주하고 인생에 대해 속 깊은 대화를 나눠본 적도 없어요. 아빠가 어떤 인생을 살아왔는지도 잘 몰라요.

저에게 아빠는 그저, 아빠였으니까요.

하지만 어른이 되었다고 술잔에 소주를 따라주는 아빠의 두껍고 늙은 손은 어쩐지 짠하네요.
캡틴은 딸에게 어떤 아빠인가요?

그 런   아 버 지 이 고   싶 다

×××

나도 체셔 아버지와 별반 다르지 않은 듯.
화가라는 직업을 핑계 삼아 일주일에 5~6일씩 작
업실에서 그림만 그리고 있으니 나쁜 아버지겠지.
그런데 어쩌겠어?
그림이 내 삶이고 숙명인데.

아버지에게도 아버지 나름의 인생이 있다.

내 아버지에 대해 얘기해줄까?
우리 아버지는 교육자셨어. 자식들과도, 세상과도
타협을 모르셨지. 자신이 말하면 무조건 해야 하는
거야. 아버지가 교육자를 그만두시고 사업을 해서
집안이 어렵게 됐을 때 내 형제들은 아버지를 싫어

했지. 사업을 안 하고 그대로 교육자를 했으면 지금
쯤 다 잘 먹고 잘살았을 텐데, 이러면서.

그런데 그 말을 듣고 희한하게 섭섭하더라. 아버지
가 우리한테 못 하려고 그렇게 했나. 그리고 아버지
가 우리한테 꼭 잘해줘야 할 이유가 있나. 이 세상
에 이렇게 태어나게 해줬는데.

아버지가 아무리 나에게 부족하게 했어도
아버지는 아버지다.
부정할 수 없다.
내 아버지는 나한테 딱 하나다.

그게 감사한 거지. 더 이상 생각할 필요도 없는 거
야. 체셔, 우리 아버지는 지금 열쇠 수리공이야. 아
무리 다른 사람이 우리 아버지한테 뭐라 해도 난 아
버지가 정말 멋져. 지금 그 연세에 자식한테 의지하
지 않고 자기 힘으로 일하시잖아.

나도 나의 딸과 아들에게 좋은 아버지가 되고 싶다.

아들딸이 학교 다닐 때, 교과서에 실린 내 그림을
보고 무척 좋아했어. 아내도 속으로 그랬던 것 같
아. 그림만 그리던 나에게 아버지와 남편의 존재감
이 생긴 거지. 그때 이런 생각을 했어.

화가라는 직업을 잘 선택했구나.
엉망으로 살지는 않았구나.

비록 다정한 아빠는 못 되어도, 자식들에게 '화가
아버지'라는 자부심을 느낄 수 있도록 해줘야겠다
는 생각을 하며 살고 있어. 그러니 화가인 나는 제
대로 된 그림을 그려야지. 아이들과 아내를 실망시
킬 수는 없잖아.

오늘도 열쇠를 수리하는 아버지가
내 삶에 영향을 끼치듯
나도 내 아이들에게 그런 아버지이고 싶다.
돈 많이 벌어주는 아버지가 아니라
존재감을 느끼게 해주는 아버지가.

아버지
이희선

화 가 의 밤 은
어 떤 가 요 ?

×××

그리하여 밤에만 읽으시라!

캡틴, 소설 「은교」 읽어보셨어요? 소설가 박범신은
이 소설을 밤에만 썼으니, 독자들에게도 밤에만 읽
으라고 얘기했어요.
인간 내면에 깊숙이 숨어 있는 은밀한 이야기를 하
고 싶어서 밤에만 읽으라고 했던 걸까요?
밤이란 참 이상하죠. 낮에는 할 수 없는 얘기들을
털어놓게 되니까요.

소설 「은교」는 고등학생 여자아이 은교와 시인 이적
요, 제자 서지우의 복잡한 내면 심리를 담은 이야기
예요. 노인 이적요는 은교를 사랑하고, 제자 서지우

도 은교를 사랑해요. 이적요와 서지우는 서로를 질투하고, 은교는 이적요와 서지우의 사이를 질투하는 복잡하고도 이상한 삼각관계 이야기라고도 할 수 있어요.

애정과 애증, 재능과 사랑 사이에서 서로 밀고 당기는 긴장감 넘치는 소설이지요.

그러나 작가는 시인 이적요와 제자인 서지우의 내면만 자세히 표현하고, 은교는 내면을 숨긴 채 겉모습만 관찰자를 통해 보여줘요. 그 모습은 늘 포도주나 오렌지와 같이 쉽지만 원색적인 사물에 빗대어서 묘사하는데, 일차원적인 비유가 사람의 심리를 더욱 자극적으로 끌어당기죠.

은교라는 소녀는 어떤 여자일까요?
무슨 매력이 있길래 남자들의 사랑을 한 몸에 받을까요? 이적요와 서지우 사이에 있는 이 여자의 심리는 도대체 뭘까요? 캡틴, 이렇게 매력적인 여자의 밤은 어떨까요?

책에서 시인 이적요는 '나의 사랑은 보통 명사가 아니라 세상에 하나밖에 존재하지 않는 고유명사였다.'고 표현해요. 밤도 그런 거 아닐까요? 매일 밤이 아니라 오늘이 지나가면 다시는 오지 않는 밤. 오늘

만 존재하는 시간 말이에요.

캡틴, 예술가의 밤은 어떤가요?
뇌쇄적인, 혹은 묘한 상상해도 될까요?
무장해제된 예술가의 밤이 궁금해요.

싱 . 숭 . 생 . 숭 .

×××

밤은 싱숭생숭.

아따, 와 밤에 대해서 묻노?
체셔, 이 늙은 화가 놀리는 거 아니지?
소설가 박범신은 「은교」를 밤에만 썼다고 하지만 난
밤에는 그림을 그리지 않아. 밤이란 건 참 이상하
지. 밤에 그려놓은 내 그림은 한없이 아름답더니,
날이 밝고 나서 보면 그렇게 못생겼더라.
밤이 날 놀리나 봐.

낮의 생각은 넓고 바쁘다.
밤의 생각은 깊고 느긋하다.
낮과 밤은 완전히 다른 세계다.

낮에는 마음이 번잡해. 이 생각에서 저 생각으로
돌아다니지. 그러나 밤에는 하나의 큰 생각이 울타
리 안에서 맴돌듯이 계속 돌아.

깊고 더 깊게.

그래서 밤이 되면 붓을 놓지.
나 자신에게 삶에 대해 질문을 하는 시간이지. 그러
나 생각이 너무 깊어지면 곤란해. 고민에 빠질 수도
있으니까.

생각은 약이지만, 고민은 독이다.

잘 조절해야 해.
막연하게 생각하는 게 아니라 구체적으로 해야 해.
남이 어떻게 살고 생각하는지 보지 말고 '자신'을 더
깊게 들여다봐야지. 자기를 제대로 보면 고민에 빠
지지 않아. 생각이 고민으로 번진다 싶으면 얼른 딴
생각을 해야 해.
캄캄하고 고요한 밤을 소소하지만 행복하게 보내는
법을 난 배웠어. 살금살금 생각하는 시간으로 쓰는
거야. 나 같은 가내수공업자들은 더하지.
그리고 밤은 밤대로 바쁘다고.
밥도 먹고, 똥도 싸야 하고, 텔레비전도 봐야 하고.

고요할 때 고요해지려는 건 웃긴 거야.
생각으로 소란스러운 밤을 보내야지.
그렇게 소란스러운 밤이 지나고 나서야
담백한 아침이 오거든.

좋은 꿈 꾸세요~

×××

컴퓨터 끄는 걸 깜빡하고 전등을 껐어요. 하루의 노곤함을 내려놓고 침대에 등을 살포시 기댔죠.
눈을 감으려다, 천장에 그려진 동그라미에 시선이 갔어요. 컴퓨터 전원 버튼에서 뿜어져 나오는 빛이었어요.

캡틴도 눈을 감고 상상해보세요.
어두운 방, 천장에 둥둥 떠 있는 동그란 원을요.

제가 사는 우주에 작은 소행성이 생긴 거예요.
저는 그 소행성의 통신을 받는 체셔 1호!

삐리삐리 오늘의 미션!

한밤중에 초속 5센티미터로 시간 여행을 하고 온
다. 아련한 웃음 냄새가 나는 과거 그 순간으로.
삐리리릭, 옆에는 고양이 친구를 태우고.

캡틴도 좋은 꿈 꾸세요.
오늘 밤은 어떤 꿈을 꾸고 싶나요?

오늘 밤엔
어떤 꿈을 꿀까?

✕✕✕

물이 되는 꿈.

세상에서 가장 보드라운 물질.

아무리 단단한 것도 물에 담가놓으면 보들보들해지
잖아. 시간이 좀 걸릴 뿐.
보들보들해진 체셔를 상상해봐. 제 아무리 날카로
운 것이 들어와도 상처를 낼 수 없지.
물이 되면 뭐가 좋냐면, 뭐든지 받아들일 수 있거
든. 유연하니까.
뭔가가 내게 들어온다고 해서 물인 내가 물이 아닌
게 되지는 않잖아. 그리고 내 안에 들어온 것들을
내가 잘 품어줄 수 있지. 품는다는 건 행복하지. 서
로의 온기를 나누는 일이니까 말이야.

꿈속에서 물이 되어 모든 것을 다 받아들일 수 있다면 행복할 거야. 내 그림도 물이 되어 세상의 모든 것을 품을 수 있다면 더할 나위 없이 행복하겠지. 오늘 밤엔 어떤 꿈이 내게 찾아올까?

발견 ×××××××××××××

냄 새 와   추 억

×××

서가에서 두껍고 오래된 책을 꺼냈어요. 언제 읽었
는지 기억도 가물가물한 책이었어요. 별 생각 없이
책장을 훑는데, 잘 펴진 한 페이지에서 멈췄어요.
언젠가 읽었던 책을 넘기다 보면 한곳에서 멈출 때
가 있지요. 책을 베고 낮잠을 잤던 곳이기도 하고,
깊은 감동을 받아 밑줄을 쳐놓았던 곳이기도 합니
다. 캡틴, 추억도 그런 거 아닐까요?

**인생이란 두꺼운 책에서 과거의 시간을 펼쳤을 때
나도 모르게 멈춰지는 그 순간 말이에요.**

추억은 수많은 기억 중에서 생명력을 갖고 있는 것
이에요. 그 생명력은 어느 날 갑자기 존재를 드러내

기도 하고, 나도 모르는 사이에 서서히 사라지기도
하죠. 오늘은 어떤 냄새 때문에 기억 속에서 곤히
잠들어 있던 추억이 깨어났어요.

좁은 골목길을 걷고 있었어요. 주위에는 오래된 주
택들이 줄지어 있었지요. 여름이어서 그런지 대부
분의 집들이 창문을 활짝 열고 있었어요.

이게 무슨 냄새였더라. 기억을 더듬었어요. 그래요,
그건 어렸을 적 엄마의 냄새였어요.
어린 시절 창문이 커다란 집에 살았어요. 엄마는 항
상 거실 창문을 활짝 열고 나를 기다리고 있었지요.
학교가 끝나고 집에 가면 창문으로 엄마의 뒷모습
이 제일 먼저 보였어요.
토요일마다 엄마는 큰 냄비에 한가득 빨래를 삶았
어요. 그런 날은 밖에서부터 온통 빨래 삶는 냄새가
풍겨요. 집 안으로 들어가면 따뜻하고 희뿌연 열기
와 함께 포근한 냄새가 코끝을 스치지요. 향기롭지
는 않지만, 왠지 익숙한 향 같은 거요. 빨래 삶는 냄
새를 맡으면 스르르 눈이 감기고 마음이 편해지곤
했답니다.

그 냄새는 저를 기다리고 있는 엄마의 냄새 같기도
했고, 포근한 집 냄새 같기도 했고, 햇볕에 잘 마른
이불의 뽀송뽀송한 냄새 같기도 했어요.

아마, 오늘도 어느 집에서 창문을 활짝 열어놓고 빨
래를 삶고 있었나 봐요. 코끝에 걸린 냄새를 맡고
있자니 새삼 엄마의 사랑이 그리워지네요.
캡틴도 추억을 부르는 냄새가 있나요?

기억 속의 어느 날
문득 피는 꽃

xxx.

냄새도 기억의 일부다.
기억 속에 뿌리내렸다가
어느 날 문득 피는 꽃.

코로 냄새를 맡지만 결국 머리로 하는 인식. 사람은 망각의 동물이라고 하지만 절대로 망각할 수 없는 존재야. 앙금처럼 솥 바닥에 가라앉아 있을 뿐이지, 없어지는 건 아니라고. 그래서 잊었던 기억들이 추억의 냄새를 맡으면 가마솥의 김처럼 솔솔 올라오는 거지.

유화물감. 이 물감이 풍기는 냄새는
언제나 내 가슴을 뭉클하게 만든다.

물감 냄새만으로도 그림을 그리고 있는 듯 묘한 충
만감과, 엄마 품속에 있는 것처럼 평온함을 느껴.
그 순간 과거로 스르륵 돌아가는 거지.
물감을 원 없이 써봤으면 좋겠다고 생각했던 때가
있었어. 그때는 물감만 있어도 그림이 그려질 것 같
았고, 외국물 먹은 물감을 보면 귀한 보석이라도 되
는 양 꼭꼭 숨겨두고 아꼈지.
그러고 보면 냄새는 참 중요한 것 같아. 냄새 하나만
으로 모든 걸 기억할 수 있으니까.

좋은 향기는 말하지 않아도 사람들이 알게 되지. 보
이지는 않지만 좋은 향기는 멀리멀리 퍼지기 마련이
거든. 바람 타고 천 리 밖 마을에까지 날아가는 천
리향처럼.

강릉에서 온
편지

×××

기억들을 고이고이 접어,

내 머릿속 한 칸,

내 마음속 한 칸에

무제한 세를 내주는 거다.

머리가 새하얀 파파할머니가 되어서도

모조리 꺼내볼 수 있게.

과거가 모여 추억이 되는 걸까,

추억이 모여 과거가 되는 걸까.

캡틴, 오늘 집 대문을 들어서는데, 우편함에 제 앞
으로 온 편지가 꽂혀 있었어요. 빨간색 종이봉투와
핑킹가위로 잘라 붙인 흔적이 어딘가 낯익었어요.
혹시 연애편지인가 하는 기분 좋은 상상으로 엄마,

아빠가 볼세라 얼른 가방에 넣고 제 방으로 들어갔
지요.
문을 닫고 조심히 편지를 꺼냈어요. 발신인에 '붕어,
토끼'라고 되어 있었어요. 그제야 편지의 정체를 알
수 있었어요. 붕어와 토끼는 일 년 전에 그와 나였
어요.

그때 나는 그에게 키스해주지 않으면 달나라 토끼
가 되겠다고 얘기했어요. 그 뒤로 그는 나를 '토끼'
라고 불렀어요. 나는 자주 기억을 까먹는 그에게 일
분만 기억하는 '붕어'라고 놀리곤 했지요.
우리는 강릉으로 여행을 갔어요. 그곳에서 파란 바
다와 함께 서 있는 빨간 우체통을 만났어요. 녀석은
조금 특별했어요. 편지를 넣으면 일 년 뒤에 보내주
는 느린 우체통이었죠.

그날 쓴 편지가 오늘 도착한 것이었어요. 편지를 조
심스럽게 뜯었어요. 오랜만에 보는 그와 저의 글씨
체가 새삼스럽게 익숙하면서도 아련했어요. 일 년
만에 보는 그의 글씨인가…….
우리는 그날 타임캡슐 같은 이 편지에 서로 반했던
순간을 쓰기로 했어요. 편지 말고는 서로에게 그 순
간을 알려주지 않기로 했죠. 그때는 그가 저에게 어
떻게 반했었는지 그렇게 궁금했는데……. 편지에는

이렇게 쓰여 있었어요.

너는 메타세쿼이아나무 앞 벤치에서 노란색 원피스를 입고 있었어. 그날은 여름이었고 주위에 사람들이 소란스럽게 붐비는 날이었지. 그런데 초록색의 긴 나무와, 파란 하늘과, 너의 그 노란색 옷이 한 풍경이 되어 내 마음속에 쏙 들어왔어. 난 그 순간 너에게 반한 것 같아.

아, 이 편지를 보고 있자니 너무 오그라들어서 손발이 없어질 거 같아요. 어떻게 이런 유치한 말을 썼던 걸까요? 게다가 붕어와 토끼라니! 저는 지금 닭이 돼버릴 것만 같아요.
캡틴, 지금 그는 어디서 무엇을 하며 살고 있을까요? 도대체 사랑은 무엇일까요?

세상에서 가장 유치한 얘기를 꺼낼 수 있도록,
마음속에 숨겨둔 사춘기 소녀와 소년을
찾아내는 걸까요.

그대가 떠나가면
수호천사처럼

×××

캬~ 사랑 얘기는 언제 들어도 좋다니까!
나도 그 나이 때는 사랑의 '사' 자만 들어도 가슴이
울렁울렁거리고, 마음 한 켠이 아련해지고 그랬다
아이가~

물론 지금도 지금 나름대로 좋지.
뜨거운 추억이고 행복한 추억이잖아?

젊은 날에는 나 자신과 그림을 알고 싶어서 그것들
만 붙들고 살았어. 그래서 사랑이 스쳐 지나가도 사
랑인 줄 몰랐어. 집착을 안 하는 성격도 사랑이 슬
그머니 지나가는 데 한몫했지.

지금이라면 훨씬 멋지게 잘할 것 같긴 한데.
잠깐만 체셔, 이 말은 못 들은 걸로 해주면 좋겠어.
집사람이 알면 나 쫓겨날지도 몰라.

사랑이 뭔지도 모르고 관심도 없던 대학생 시절을
돌이켜보면 늘 서툴렀지. 누군가 다가오면 물러섰
고, 떠나가면 수호천사처럼 멀찍이 떨어져서 그사
람을 지키기만 했어.

한 친구와는 좋은 감정을 쌓다가 막상 그녀가 다가
오니 덜컥 겁이 나서 내가 물러섰거든. 그런 그녀가
졸업식 때 같이 찍은 사진을 내게 보냈어. 사진 뒷면
에 '참 좋은 형'이라고 써서 보냈더라고. 그때 그걸
읽는데 얼마나 가슴이 아프던지. 아플 때 사랑이었
구나 느꼈지.

어쩌면 내게 있어서 사랑은 수호천사처럼 조금 떨어
져서 그 사람을 지켜주는 일인지도 몰라.
내 감정을 다 드러내기보다는 가만히 살펴주고, 지
켜주는 거지.

있는 듯 없는 듯 모르게.
들킬 듯 말 듯.
아련하고, 소중하게.

붉은 뿔일
뿐이에요

xxx

캡틴 스마일~ 오늘 하루는 어땠어요? 잘 지냈나요? 오늘은 내 마음속 광활한 사막에 살고 있는 이야기를 들려주고 싶어요.
신비스러운 뿔이 달린 토끼의 이야기예요. 그녀의 이름은 잭카로프예요. 이름이 잭카, 성이 로프지요. 그녀는 자신의 이름을 얘기할 때마다 꼭 설명을 덧붙였어요. 성이 로프, 이름은 잭카.

잭카의 엄마가 말했어요.
"잭카, 이제 넌 떠날 때가 되었어. 여행은 너에게 잊을 수 없는 삶의 울림을 줄 거야."
"삶의 울림? 그게 뭐예요?"
"그건 네가 떠나보면 알게 될 거야. 어딜 가든 네가

행운을 몰고 다닌다는 걸 잊지 마렴."

잭카는 열기구를 타고 여행을 떠났어요. 한참 동안 하늘을 날다가 내려온 곳은 그동안 구경하지 못한 세상이었어요. 초록 나무 아저씨들이 큰 손을 벌려 나뭇잎을 흔들고, 하늘에 떠 있는 구름들은 신들이 깔아놓은 식탁보마냥 흘러내리고 있었죠. 잭카는 콧노래를 흥얼거리며 가볍게 발걸음을 옮겼어요. 그때 고슴도치가 나타났어요.
"안녕, 토끼야! 머리에 달린 그 뿔은 뭐니?"
잭카는 토끼의 얼굴을 하고 머리에는 뿔이 달려 있었어요. 하지만 한 번도 자신이 이상하다고 생각해 본적은 없어요. 잭카는 엄마, 아빠와 꼭 닮았으니까요.
"뿔?"
"그래, 뿔! 너 정말 이상하게 생겼구나? 다른 토끼들이 싫어하겠어."
고슴도치가 말했어요.
"난 토끼가 아니야. 잭카라고 불러줘. 내 뿔보다는 너의 온몸에 돋아 있는 가시들이 더 이상한걸."
고슴도치가 한심하다는 표정으로 얘기했어요.
"당연하지! 난 고슴도치니까. 고슴도치는 원래 가시가 있다고. 이 가시들로 내 몸을 보호할 수 있어. 하지만 너의 뿔은 딱히 쓸모가 없어 보이는구나."

잭카는 시무룩해졌어요. 그러나 마음을 다잡고 다시 길을 떠났어요. 엄마의 말처럼 걷다 보면 새로운 것을 발견할 수 있을 것 같았거든요. 그때 크고 단단한 무언가에 부딪혔어요. 얼른 고개를 들었지요. 그곳에는 기린이 나무를 뚫고 하늘에 닿을 듯 말 듯 서 있었어요. 계속 위를 쳐다보려니 잭카는 목이 아팠어요.

"기린아, 고개를 조금만 숙여주면 안 되겠니? 내가 너의 눈을 바라볼 수가 없어."

기린이 큰 눈을 껌뻑거리며 말했어요.

"왜 내 눈을 바라보려고 하는 거지?"

"엄마가 그랬어. 대화를 할 때는 서로의 눈높이를 맞춰야 하는 거라고."

"난 별로 눈을 마주치고 싶지 않지만, 정 네가 원한다면 그렇게 해주지."

기린이 천천히 고개를 숙였어요. 그 시간이 지루해서 잭카는 하품이 밀려왔어요.

"토끼야 그런데 너 정말 이상하게 생겼구나. 내가 보았던 토끼 중에서 가장 이상해."

잭카가 말했어요.

"난 토끼가 아니라 잭카라고. 몇 번이나 얘기해야 하지? 너도 이상해. 넌 목이 너무 길어."

기린은 다시 천천히 목을 들고 있었어요.

"목이 긴 건 이상한 게 아니야. 그건 내가 기린이기

때문이지.”

기린이 다시 고개를 들어 하늘을 보고 있을 때쯤,
잭카는 걷기 시작했어요.

햇볕이 쨍쨍했어요. 들풀들은 ‘앞으로 나란히 놀이’
를 하고 있었고, 들꽃들은 ‘봄 아가씨 미인 대회’가
한창이었죠.

주위를 구경하며 걷다 보니, 잭카는 목이 말랐어
요. 그때 깍깍거리는 소리가 들려왔어요. 잭카는 소
리가 나는 곳으로 고개를 돌렸어요. 그곳에는 시커
먼 까마귀가 나뭇가지 위에 앉을 준비를 하고 있었
어요. 잭카는 까마귀에게 말을 걸었어요.

“까마귀야, 혹시 숲 속에 옹달샘이 어딨는지 아니?
난 지금 너무 목이 말라.”

“깍깍! 토끼야, 옹달샘은 저쪽에 있어. 그런데 네 머
리에 그 뿔은 뭐니?”

잭카는 조금 화가 나려고 했어요.

“난 토끼가 아니라 잭카라고. 성은 로프, 잭카로프!
왜 자꾸 나를 토끼로 보는 거지?”

까마귀는 잭카의 뿔 위에서 연거푸 날갯짓을 했
어요.

“그러니? 그래 어쨌든 따라오렴. 내가 연못을 안내
해줄게. 그곳에 가면 아마 네 친구들도 있을 거야.”

잭카는 까마귀를 따라 깡충깡충 걸음을 옮겼어요.

드디어 큰 고목나무 아저씨 뒤에 있는 작고 맑은 옹달샘에 다다랐어요. 잭카는 까마귀에게 고맙다는 인사를 하려고 올려다보았지만 까마귀는 어디로 갔는지 보이지 않았어요.

잭카는 맑은 옹달샘의 물을 연거푸 퍼먹었어요. 그때 웅성거리는 소리에 고개를 들었어요. 언제 왔는지 토끼 아줌마 셋이서 잭카를 보고 있었지요. 가장 뚱뚱하고 뱃살이 볼록 나온 토끼 아줌마가 앞으로 나와 잭카에게 말을 걸었어요.
"어머! 어머! 애, 토끼야 넌 어느 집 자식이니? 도대체 그 뿔은 뭐니? 참으로 별나구나."
"아줌마! 전 토끼가 아니라 잭카라고요."
순간, 잭카는 옹달샘에 비친 자신과 토끼 아줌마를 보았어요. 토끼는 자신과 똑같은 모습을 하고 있었어요. 하지만 잭카의 머리에만 뿔이 나 있었어요. 잭카는 울상이 되었어요.
"아줌마, 뿔은 뿔일 뿐이에요. 모두가 저보고 이상하다고 하니, 정말 제가 이상한 것처럼 느껴져요. 왜 저를 있는 그대로 봐주지 않는 거죠?"

캡틴, 잭카에 대해 어떻게 생각했어요? 잭카로프는 전설 속의 동물이에요. 사막에 사는 잭카로프는 토끼 형상에 사슴처럼 뿔이 달렸대요. 살짝, 기이한

모습이지만 잭카로프를 만나면 행운이 찾아온대
요. 하지만 동물들은 잭카로프의 뿔만 보고 선입견
을 가졌어요. 다르게 생겼다는 이유 하나만으로요.
동물들은 선입견 때문에 잭카의 행운을 지나쳐버렸
어요.

캡틴, 선입견이란 무엇일까요? 왜 사람들은 있는 그
대로를 보지 않는 걸까요?

눈높이를 조금만 맞추면 좋을 텐데요.
뿔은 뿔일 뿐이에요.
스마일에 뿔이 있다고 스마일이 아닌 건 아니잖아요.

굳어진 생각,
습관이 된 믿음

xxx

굳어진 생각.

습관이 된 믿음.

그것이 선입견.

우리가 선입견이라는 것으로부터 해방되기는 쉽지
않지. 그런데 말이야. 선입견이 나쁜 거야?
어이 보면 우리는 다 사람이니까 선입견은 자연스러
운 거야.

선입견이라는 것을 부정적으로만

볼 까닭이 있을까?

어쩌면 그것이 삶의 기준이 될 수도 있다는 생각이

들어. 토끼는 이렇게 생겼다는 기준. 그 기준에서
봤을 때 어떤 토끼는 다르게 생길 수도 있다는 걸
알게 되잖아.

나를 좋게 보거나 나쁘게 보는 사람들에게도 어떤
기준이 있을 거야. 물론 나도 타인을 볼 때 그렇지.

하지만 선입견에 매여 있을 필요는 없다.
내가 타인에게 그렇게 보일 수도 있겠구나
인정해주면 된다.

죽을 때까지 그렇게 보이는 것도 아니잖아. 분명 다
른 모습도 있을 테고. 타인이 나를 좋게 봐주는 것
또한 선입견일 수도 있거든. 그러면 그걸 소중히 여
기면 되고.

체셔, 나는 체셔가 좋은 사람일 거라는
선입견이 드는데?

마 흔 에   대 하 여

×××

가보지 못한 시간은 늘 궁금한 것 같아요. 제가 30대를 궁금해하는 것처럼 30대 선배도 40대를 궁금해했어요. 우리는 오래되고 허름한 삼겹살집 원탁에 둘러앉아 이야기를 시작했어요. 저에게는 까마득한 인생 선배가 얘기했어요. 아주 비장한 눈빛으로요.

마흔이란 나이는 말이야. 서른이 다가오는 것과 비교할 수도 없어. 왜냐면 정말 살갗으로 느껴지는 나이거든.

몸이 늙는다는 거 상상이나 해봤어?

어느 날 자고 일어났는데 하얀 수염이 빼꼼히 올라
오고, 책이 잘 안 보여서 병원에 갔더니 노안이라는
거야. 신체의 늙음은 그 어느 변화보다 부정할 수
없지. 그냥 받아들여야 할 뿐이야.

남자가 마흔이 되면 이름을 잃어버리게 돼. 아빠라
는 견장에 나의 꿈은 가려지지. 누구의 아빠, 누구
의 남편으로 살아가게 되거든.

남자와 허세는 뗄래야 뗄 수 없는 관계지. 어렸을
적엔 허세 부리느라 늘어놓은 거짓말이 양치기 수
준이었어. 하지만 마흔이 되면 허세는 더 이상 허세
스럽지 않아. 양치기 소년 짓을 하더라도 현실에서
닥치는 책임을 피할 수 없지.

나의 까마득한 인생 선배는 소주 한 잔을 넘기며 한
마디를 덧붙였어요.

나는 약해지는데 술은 점점 세지더라.

캡틴, 마흔은 무겁기만 한 걸까요? 캡틴의 40대는
어땠나요?

내 속에
질서를 만드는
나이

×××

이렇게 얘기하면 또 자뻑한다고 할지도 모르겠지만
난 마흔 살에 모든 걸 이뤘어. 이게 무슨 소리냐면
마흔이 되고 나서 사람들에게 내 그림을 정확하게
설명할 수 있게 되었다는 거지. 답을 찾아 헤매고
다니다가 마흔이 되어서야 내가 그림을 통해 무엇을
이야기하려는지 깨달았지.

열심히 나를 찾아다녔기 때문인 것 같아. 힘든 시절
도 있었지만, 돌이켜보면 그 시절 없이 지금이 있었
을까 싶어. 고단한 10대를, 방황하던 20대를, 고통
속에 나를 밀어 넣던 30대를 지나지 않고서는 마흔
이라는 나이에 깨달음이 올 리가 없지.
어쩌면 이 과정은 무수히 흩어져 있던 '나'라는 세계

에서 질서를 만드는 일이 아니었을까?

나에게 마흔이라는 나이는 평화였어. 나를 찾아서 내 속에 질서를 만들 수 있었으니까. 그런데 하나의 고통이 없어지면 또 그만큼의 고통이 찾아오는 거야. 인생이란 그렇지.
마흔이란 나이는 사회적으로나, 관계적으로 책임져야 할 게 많아. 세상은 공평한 거야. 나를 찾았으니 나 자신으로부터는 자유로워지지만 대신 사회와 관계로부터는 자유로워질 수 없지.

세상은 저울처럼 공평하게 균형을 이루고 있다.

자신의 세계에서 혼란스러워하는 20, 30대를 위해서 40, 50대가 묵묵히 잘 받쳐줘야 하거든. 그래야 조화를 이루며 살아갈 수 있지.

**공존할 수 있고,
세상이 돌아가는 거지.**

이별, 어떻게
담담할 수가
있나요?

××××

벚꽃 맛 마카롱을 좋아하게 되었고, 캐러멜 시럽을 듬뿍 뿌린 허니브레드를 좋아하게 되었고, 우유 얼음과 딸기가 환상 궁합인 딸기 빙수도 좋아하게 되었어요.

모두 그가 좋아했던 것들이에요. 그는 여자처럼 달콤한 디저트를 좋아하는 남자였거든요.
아, 그리고 비 오는 날도 좋아하게 되었어요. 비가 오는 날이면 그는 혼자 있기 싫다며 저를 찾아왔거든요.

캡틴은 사랑이 남긴 흔적 있나요?

영화 〈조제, 호랑이 그리고 물고기들〉은 '너무 추워

서 먹었던 라면, 바나나 초코, 수족관, 자동차, 떨어져 있던 조개껍데기 정말 그립다.' 이렇게 시작해요.

이별을 하고 시간이 흐르면, 그 사람이 내 곁에 있었던 사실이 의심스러울 정도로 평범한 일상으로 돌아오게 돼요. 하지만 생각지도 못한 것에서 그의 흔적을 발견하곤 하죠.

〈조제, 호랑이 그리고 물고기들〉의 첫 장면처럼요. 호랑이와 물고기는 여자 주인공 조제가 남자 친구가 생기면 함께 보러 가고 싶었던 것들이에요.

조제는 다리를 쓰지 못하는 여자예요. 그녀는 할머니가 끄는 유모차에 숨어서 몰래 산책을 다녔어요. 그 길에서 우연히 츠네오와 마주쳤죠. 하지만 둘은 서로 다른 세계에 사는 사람이었어요. 츠네오는 조제가 다리를 쓰지 못한다는 사실을 쉽게 받아들일 수 없었어요. 그에게는 넘지 못할 벽이었죠. 하지만 조제에게 점점 끌리는 마음은 어쩔 수가 없었어요.

그러던 어느 날 할머니가 돌아가시고 조제에게는
츠네오밖에 남지 않아요. 그녀는 용감했어요. 언젠
가 츠네오가 떠나고 혼자가 될 걸 알았지만, 사랑을
시작했으니까요.

조제는 말했어요. "언젠가 네가 사라지면 미아가 된
조개껍데기마냥 혼자서 어둡고 고요한 바다 밑을
데굴데굴 굴러다니겠지. 하지만 그것도 괜찮아." 조
제와 츠네오는 오래도록 사랑을 했어요. 그리고 어
느 날 그녀는 그에게 책을 하나 내밀며 이별 선물이
라고 말하죠. 둘의 이별은 그렇게 담담했어요.

캡틴, 조제는 어떻게 그렇게 담담하게 이별을 선언
할 수 있었던 걸까요? 어떻게 그렇게 용감하게 사랑
을 시작할 수 있었던 걸까요?
저는 영화를 두 번, 세 번 보아도 모르겠어요.

죽을 걸 알면서도 살아가지만,
헤어질 걸 알면서도 사랑을 시작하는 건
너무 두려워요.
저는 미아가 된 조개껍데기가 되어도
괜찮을 자신이 없으니까요.

그런 이별이
어딨노?

×××

난 사랑하는 사람 때문에 좋아하게 된 것보다 안 하게 된 게 더 많지. 우리 집사람을 만나고 나서 그렇게 되었어.
난 영화도 좋아하고, 음악도 좋아하고, 책도 좋아했는데 우리 집사람은 그런 걸 전혀 안 좋아하는 거야. 그러다 보니 자연스럽게 안 하게 되었지. 희한하게 그렇게 되대. 집사람이 하지 말란 소리도 안 했는데 말이야.

사랑은 그런 건가 봐.
자연스럽게 변화시키는 것.

그런데 체셔, 체셔가 말한 이별 같은 건 없다. 영화

라서 그런 거다. 세상에 아프지 않고, 담담한 이별
이 어딨노?

나도 스무 살 시절에는 누군가를 마음에서 완전히
떠나보내지 못해 잠을 설치고 아팠었지. 집 앞에서
몰래 기다려보기도 하고, 그 사람 주변을 배회하기
도 했어. 그러던 어느 날 깨달았어.

지나고 보니 단단해져 있더라. 비 그친 후에 땅처
럼. 만남과 이별이 끝없이 반복된다는 걸 인정하는
순간 조금 덜 아프게 되었지.

부여잡으려고 되돌리려는 게 아니야. 그런 실수를
반복하지 않으려고 그 사람의 관점에서 다시보기를
하는 거야. 나라는 관점을 버리고 그 사람이 되어

돌아보는 일은 곧 도래할 새로운 관계의 근육을 튼
튼하게 만드는 거라고 생각해.

체셔! 이별은 자신을 무너뜨리는 게 아니라 아름답
게 만드는 관계의 선물임을 믿어봐.
그래도 아프다고?
그건 어쩔 수 없지.

이별은 원래 그런 거니까.

프리다 칼로,
상처 입은 사슴

×××

때로는 황홀하게 아름다운 그림보다 고독하게 그로 테스크한 그림이 더 깊은 인상을 남길 때가 있죠. 프리다 칼로의 〈상처 입은 사슴〉처럼요. 그림 속의 여자는 얼굴은 사람이지만 몸은 사슴이에요. 수많은 화살을 맞고 피를 흘리고 있어요. 곧 쓰러질 것처럼 위태위태해 보여요. 그럼에도 그녀는 초연한 표정을 짓고 있네요. 어째서일까요? 상처받는 것에 익숙한 사람이었던 걸까요?

그림 속의 여자는 프리다 칼로 자신이에요. 프리다 칼로는 상처가 많은 여자였어요. 어렸을 적부터 소아마비여서 몸이 불편하기도 했고, 열여덟 살 무렵에는 교통사고로 여러 번의 수술을 견뎌야 했어요.

사랑 또한 평범하지 않았어요. 남자와 여자를 함께 사랑한 양성애자였으며, 그녀가 사랑한 남편 디에고는 그녀의 동생과 바람이 나기도 했죠. 아마 저 수많은 화살은 그녀가 살아가면서 겪었던 상처를 나타내는 걸 거예요. 그녀는 상처가 너무 많아서 아픔마저 태연하게 느꼈는지도 몰라요.

상처 입은 사슴을 오랫동안 바라보았어요. 그림 속의 여자가 측은하게 느껴지기도 하고, 저 멀리 보이는 바다가 적막하게 느껴지기도 했어요. 그 모습들이 마음속에 고요히 자리 잡고 있었던 저의 모습과 겹쳐져서 묘한 동질감이 일어났어요.

저도 언젠가 저런 표정을 지었던 적이 있었어요. 아마 그때였을 거예요. 사랑하는 사람이 제가 그를 사랑한 만큼, 저를 사랑하지 않는다는 걸 알았을 때요. 아, 그때도 그랬어요. 제가 가장 가깝다고 느꼈던 사람이 저를 이해해주지 못했을 때요. 저는 세상에서 혼자인 양 외롭고 절박한 마음을 느꼈던 것 같아요.

누구나 그럴 때가 있잖아요.
이 드넓은 세상에서 혼자인 것 같을 때요.

아 프 겠 다 !
저   사 슴

xxx

이 화가도 참 특이해. 눈썹 붙은 여인이잖아. 눈썹이 브이야 브이! 참 독특하지?

그림을 보면 좌우가 나무로 둘러싸였고 뒤로는 벼락이 내리치는 바다가 있잖아. 그 가운데 도망조차 칠 수 없는 절망적인 상황에 빠진 사슴.

아프겠다, 저 사슴!

그러나 아름답지. 시각적인 아름다움이 아니라 정신적인 아름다움이야. 왜? 자신의 고통을 그림으로 승화시켰으니까. 결국 화살은 밖에서 날아오는 거라. 자신은 사슴인 거고, 온 세상의 고통을 자신이 떠안고 있는 거야. 이걸 보면 이 화가도 긍정적인 사람이기보다는 부정적인 사람이었을 거야. 어이 보면 예술은 꼭 긍정에서만 나오는 게 아니고 부정에서도 나오지.

나도 마찬가지야. 보여지는 것은 아주 평화로워 보이지만 사실 그 속에는 고통이 있어. 이 평화는 고통의 산물이지. 그런데 프리다 칼로는 고통을 고통 그대로 노출시킨 거야. 직설법이지. 나는 고통을 스마일로 내뿜었으니 나와는 다른 점이야.

사실 프리다 칼로처럼 그리기는 쉽지 않지. 굉장한 용기를 가져야 하니까. 그랬을 때 자신의 상처가 아름다운 것으로 승화될 수가 있거든. 게다가 자화상이잖아. 세상에 자신을 있는 그대로 버젓이 꺼내놓을 수 있다는 것은 그만큼 자기 정리가 많이 되었던 뜻이지. 보면 예술은 그런 것 같아.

멍과 털의 관계

캡틴, 오늘 점심은 누구랑 먹었어요?
저는 오늘 점심 때 회사 선배에게 재미있는 얘기를
들었어요. 그 선배는 희한한 경험을 주제로 이야기
를 시작했어요.

이런 경험해본 적 있어?
내가 스무 살 중반쯤에 겪었던 일이야. 계단에서 넘
어져서 양쪽 무릎에 시퍼렇게 멍이 들었지.
그런데 신기한 일이 일어났어. 멍이 든 부위에만 털
이 자라기 시작하는 거야. 시간이 지날수록 털은 더
수북해져서 무릎이 복슬복슬해졌어. 내 다리는 마
치 무릎만 빼고 미용을 한 일본 원숭이 같았다니
까! 아픈 거는 둘째 치고 창피해서 어쩔 줄을 몰랐어.

시커먼 무릎을 누가 볼까봐 검정 스타킹으로 꽁꽁 숨기고 다녔어. 매일 밤 전신 거울 앞에 서서 양 무릎을 살피며 얼마나 고민했는지 몰라. 누구한테 얘기도 못하고 정말!

그렇게 한 달이 지났어. 그런데 신기하게도 멍이 점점 빠지면서 털도 조금씩 빠지는 거야. 멍이 거의 없어질 때쯤에는 털이 다 빠져서 평소의 무릎으로 돌아왔지.

그 일이 있은 후, 선배는 놀란 가슴을 쓸어내리며 인터넷에서 멍과 털의 관계에 대해 찾아봤대요. 아주 심각하게요. 그런데 뜻밖에도 선배 같은 고민으로 걱정하는 사람들이 많더라는 거예요.

선배의 얘기를 들으며, 저는 이런 생각을 했어요.

혹시, 멍이라는 녀석이 털에게
일종의 자양분 역할을 했던 게 아닐까?
그래서 거름 먹은 잔디처럼
털이 쑥쑥 자라난 건 아닐까?

선배의 얘기에 까르르 웃었지만, 멍과 털의 관계처럼 때로는 고통이 삶에 자양분 역할을 해줄 때가 있지 않나요. 캡틴은 고통이 삶의 자양분이 된 적 있나요?

고 통 은   나 의   보 약 !

×○×○×

엉뚱하지만 신선한 이야기인걸.
아픈 자리에 털이 돋아서 그 아픔을 감싸려는 모양
이지. 아니면 털이 돋아서 멍 안에 맺힌 독을 빼려
는 현상인지도 모르지.

나도 비슷한 일을 겪은 적이 있어. 얼마 전에 마당
을 걷다가 넘어졌지. 앞으로 완전히 꼬꾸라졌어. 아
프다, 아프다카이!
그런데 그 바람에 손에 들고 있던 바구니를 엎고 만
거야. 그래서 바구니에 들어 있던 코스모스 씨가 몽
땅 쏟아졌지.
그러고 나서 며칠이 지났을까. 그 자리에 코스모스
가 수북하게 돋았어. 멍든 자리에 털이 난 거랑 뭔

가 비슷하지 않아?

코스모스는 어이 보면 아픈 흔적이거든. 그런데 그
걸 보고 난 치유를 받았지. 아! 내가 아팠어도, 아
프고 나니까 또 저런 것들이 자라났구나, 하고 말이야.

아플 때는 세상이 다 허물어지듯 아프지만 결국 다
지나가거든. 체셔, 저기 보소! 저 창문 보소!

앙리 루소,
잠자는 집시

×××

한 번밖에 보지 않았는데도 유난히 생각나는 그림이 있죠. 저에게는 앙리 루소의 〈잠자는 집시〉가 그런 그림이에요. 그림 속 여자가 어딘가 모르게 저와 닮았다는 생각이 들었거든요.

얼굴이 검은 여자는 머리를 풀어헤치고 달이 뜬 사막에 고요히 누워 있어요. 옆에는 그녀가 늘 들고 다니는 만돌린이 놓여 있지요. 잠든 그녀는 무슨 좋은 꿈이라도 꾸는지 슬며시 미소를 띠고 있어요. 덩치 큰 사자가 그녀 곁으로 다가온 것도 모른 채로요.

캡틴, 저는요. 꼬리를 바짝 세운 사자가 무섭기보다

는 귀엽게 느껴져요. 그녀와 사자와 사막의 색이 닮
아서 아름답게 느껴지기도 해요.
이 그림의 부제는 '아무리 사나운 육식동물이라도
지쳐 잠든 먹이를 덮치는 것은 망설인다.'래요. 그런
데 저는 그림을 보면서 전혀 다른 생각을 했어요.

사자는 조용하고 시원한 밤에 집시 여인을 먹을까
말까 고민하는 게 아니에요. 자유롭고 행복해 보이
는 이 여자가 어떤 생물일까 궁금한 거예요.
냄새를 한번 맡아보고, 파르르 떨리는 속눈썹도 지
켜보았죠. 어떤 꿈을 꾸고 있는지도 궁금했을 거예
요. 사자도 옆에서 잠들면 그녀처럼 행복한 꿈을 꿀
수 있을 거라고 생각했어요. 밝은 아침이 오기 전에
어서 그녀 곁에 잠자리를 만들어야 해요.

날이 밝으면 그녀에게 친구가 되자고 말할 거예요.
그리고 그녀와 함께 여행을 떠날 거예요.

사자는 그녀와 좋은 친구가 될 수 있을 거예요. 고
요한 사막을 발맞춰 걸을 수 있을 거예요. 심심하면
사막 모래를 양탄자 삼아 세상 구경도 할 수 있을
거예요. 밤이 되면 그녀가 들려주는 아름다운 만돌
린 소리를 들으며 스르르 잠들 수도 있을 거예요.
가끔은 배가 고파 그녀를 먹고 싶을 수도 있겠지만,

꾹 참을 거예요. 그녀가 없어지면 즐겁지 않으니
까요.

캡틴, 사막 위에 잠들어 있는 그녀는 제 영혼의 모
습과 닮았어요. 한없이 자유롭고 그 안에서 어느
누구보다 평화로운 모습이 그래요. 저도 그녀처럼
오늘 밤은 사자와 함께 잠들고 싶네요. 조금은 무섭
겠지만 같이 있으면 즐거울 테니까요.
만돌린 연주는 캡틴에게 부탁해도 될까요?

그 림 에
끼 어 들 지   않 으 련 다

XXX

이 그림을 요래 보니까, 사자가 술 취한 모양인데,
나보고 만돌린을 연주하라고? 내 싫다.
저 그림에 끼어들고 싶은 생각은 추호도 없어. 이대
로 바라만 보는 게 좋은 거지. 나는 그냥 바라보기
하는 사람이니까.

내가 한때 교주였어. '가만히교'라고. 주로 뭘 해결
해야 할 때 가만히 바라봤거든. 세상의 뭐든 형상
을 가만히 바라보고 있으면 보이지 않던 게 보이기
시작하지.

몽중 일기.
〈잠자는 집시〉는 꿈속의 일기 같다.

저기 있는 사자는 날 닮았어.
바라보는 건 기다리는 일이지. 가만히 기다리고 있
는 사자의 저 모습이 좋아.
무슨 생각을 하고 있는지는 관심 없다.

앙리 루소는 자신을 사실주의 화가라고 우겼어. 그
런데 저 사자 털 좀 봐라, 그 시대에는 저렇게 그리
면 그림 못 그리는 사람이었지.
겉으로 보기엔 얼마나 단순한 그림이야?
더군다나 루소는 그림 한 점을 완성하는 데 무척 오
래 걸렸어. 경로당 스타일로 그림을 그렸지.
그런데도 이렇게 그림들을 남겨놓은 걸 보면 루소
도 나처럼 가만히 교주가 아니었을까?

웃음도
대여가 되나요?

×××

캡틴, 오늘은 기분이 좋지 않아 달달한 도넛을 먹었어요. 가운데 구멍이 뻥 뚫린 도넛은 상자안에서 일렬로 줄지어 있었어요. 도넛은 왜 구멍이 뻥 뚫린 걸까요?

한참 도넛을 보고 있자니 영화 〈고양이를 빌려드립니다〉가 떠올랐어요.

햇살 뜨거운 강가에서 한 여자가 리어카를 끌며 외쳤어요.

"외로운 사람들에게 고양이를 빌려드립니다!"

영화 〈고양이를 빌려드립니다〉는 구멍 난 사람들의 이야기예요. 혼자 사는 할머니가 여자에게 고양이를 빌려요. 자신과 꼭 닮은 나이 많은 고양이를요.

할머니의 외로움은 할머니가 만든 푸딩 속 구멍과
꼭 닮았어요.
기러기 아빠도 여자에게 고양이를 빌렸어요. 딸이
훌쩍 크자, 더 이상 나이 든 아빠를 찾지 않거든요.
아빠의 외로움은 양말에 난 구멍과 꼭 닮았어요.

누구나 다 외로움을 끌어안고 살아가니까요. 영화
는 그 구멍을 보드랍고 다정한 고양이가 메꿔준다
고 얘기해요. 캡틴의 마음속에는 어떤 구멍이 자리
잡고 있나요?

제 속에 있는 구멍을 가만히 들여다보았어요. 구멍
속은 고요하고 적막해요. 한밤의 심해처럼 깊고 어
두워요. 마음속 구멍과 마주하고 있으면 여러 가지
가 떠올라요.
외로움이 보이기도 하고, 잊고 있었던 사람들이 비
치기도 해요. 말하지 못했던 서운함이 묻어나기도
하죠.

때로는 마음속 구멍이 세상을 바라보는 창이 되기
도 해요. 구멍을 통해 바라본 사람들은 모두 마음

속에 구멍이 뻥 뚫린 채로 거리를 걷고 있었어요. 옆에 있는 엄마도, 아빠도, 친구도, 도넛처럼 구멍 하나를 뻥 뚫고 있었지요.

영화처럼 고양이를 빌려주면 이 구멍이 메워질까요? 그렇다면 캡틴, 웃음도 빌릴 수 있을까요? 웃음 대여점이 있다면 사람들은 아마 점심을 먹고 커피가 아니라 웃음을 사러 갈 거예요. 기분이 별로일 땐 살찌는 도넛보다는 웃음 대여점에 가서 웃음을 사겠지요.

아, 오늘따라 까칠한 상사에게 웃음을 선물할 수도 있을 거예요. 웃음을 종류별로 팔고 있다면 크게 웃고 싶을 땐 박장대소를 사면 될까요. 웃음 보관함도 있으면 좋을 거예요. 실컷 웃고서도 웃음이 남아돌 때 유리병에 담아 보관하는 거예요. 그리고 스트레스 받은 날 보관했던 웃음을 다시 꺼내는 거죠.

그러고 보니 캡틴의 작업실에는 스마일이 가득하지요?

캡틴, 오늘 나에게 웃음 좀 빌려줄래요?

이 왕 이 면   스 마 일

그래, 여기 웃음 좀 가져가이소.
나는 스마일을 그리니 웃음을 나눠주기 참 좋네.
웃게 해주는 게 웃음을 나누는 일이니까.

난 참 복 터졌지?

그런데 사실 말이 쉽지 사람들을 웃게 한다는 건 무척 어려운 일이야. 누군가의 뻥 뚫린 도넛 같은 마음을 채울 수만 있다면 무엇을 빌려주든 어렵지 않지. 그런데 마음을 어떻게 빌려줘. 빌려주는 게 아니라 그냥 줘야지.

나는 세상을 웃게 하고 싶다.

이 왕 이 면   스 마 일

하지만 주는 것과 받는 건 늘 조심스러워야 해. 타
인을 배려해서 줘야 하거든. 웃는 것도 종류가 많잖
아. 여러 가지 웃음이 있거든. 사람도 처음 봤을 때
가볍게 웃어야지 왁자지껄 웃으면 안 되거든. 미소
를 지어야지. 미소는 그 사람에게 경계를 푼다는 말
이야. 그게 어이 보면 웃음을 나누는 거고. 잘 주는
거고.

웃음에도 받는 사람의 자세가 필요하다.

주는 사람 마음만큼 받는 사람의 마음도 중요하지.
웃음을 줘도 즐겁게 받아야지. 비웃음으로 받아들
이면 그건 또 안 되는 일이지.
체셔, 지금 내가 준 웃음 즐겁게 받아가라고!

이왕이면 스마일!

웃음의 분량이 곧 행복의 분량이다.
오늘은 그냥 웃자!
활짝!

Google

POST

원화 에디션 (edition)

살바도르 달리,
기억의 지속

xxx

캡틴을 처음 만났을 때가 봄이었는데 벌써, 달리 그림의 사막처럼 무더운 여름이 찾아왔어요. 시간은 제 마음을 아랑곳하지 않고 잘만 흘러갑니다.

캡틴, 오늘같이 날이 더워서 시계도 녹고 있는 걸까요? 살바도르 달리의 〈기억의 지속〉은 사막에서 시계들이 녹고 있는 그림이에요. 시계가 녹고 있다는 것은 무엇을 애기하는 걸까요?

이 그림을 보고 있으면 떠오르는 순간이 있어요. 예기치 않은 순간이었고, 절대로 일어나지 않았으면 하는 시간이었죠. 아주 오래전에 사랑하는 사람을 만났던 순간이에요.

작은 통로의 계단을 올라가고 있었어요. 나의 발자국 소리와 함께 멀리서 누군가의 발자국 소리가 겹쳐졌어요. 나는 올라가고 있었고, 그는 내려오고 있었어요. 그래요, 그는 헤어진 남자였어요.

헤어진 남자와 마주친 순간은 귀신이라도 본 것처럼 공포심이 일어났어요. 서서히 다가오는 그의 모습은 마치 공포 영화 속 귀신이 빠른 속도로 튀어나오는 것 같았죠. 우리는 마주 서서 말 없이 서로를 바라보았어요. 나도, 그도 어떤 감정도 들키지 않겠다는 듯 무표정으로 서 있었어요. 결코 오랜 시간이 아니었어요. 아주 짧은 시간이었죠.

하지만 우리는 분명 시간이 멈춰버린 걸 느끼고 있었어요. 그와 저 사이는 긴장감으로 팽팽했고, 설명할 수 없는 감정들을 눈빛으로 주고받았어요. 서로의 어깨를 스쳐 지나갈 때까지도 마주한 시간이 영원히 지속될 것만 같았어요.

오랜 시간 사랑했던 사람이었고, 미래에도 함께하고 싶은 사람이었어요. 하지만 감정은 늘 시간에 따

라 변하는 것이었죠. 자꾸만 흘러가는 시간을 잡을
수 없었어요. 그가 변하는 걸 보는 게 아팠어요. 캡
틴, 시계가 녹으면 시간도 멈출까요?
그때는 점점 변하는 그를 보며 시간이 멈췄으면 좋
겠다고 생각했어요. 하지만 멈춘 건 시간이 아니라
기억이네요.

그래서 여전히 그가 보고 싶은 걸까요.
그를 변하게 만든 시간이 얄궂네요.
캡틴도 멈추고 싶었던 시간이 있겠죠?

시 간 은   째 깍 째 깍
잘 만   간 다

×××

그림은 느낌이 중요하지.

달리의 그림은 참 나른해. 그게 그의 매력이지.

그림 속의 시계는 과연 째깍째깍 잘 갈 수 있을까?

아마도 현실이라면 시계 바늘이 돌아가지 못해 고
장이 났겠지.

덜컥 서버린 시계.

그 순간 세상도 덜컥 서버릴 것 같은 멈춤.

달리는 시간을 멈춰 세우고 싶었던 걸까?

시계는 시간이고, 시간은 강처럼 흐르지.

시계가 멈췄다는 건 흘러가는 시간이 사라지거나

지워지는 기억을 잡아두려는 욕망과 같아.

우리도 가끔 시간을 멈추고 싶을 때가 있잖아.

나에겐 체셔 나이 때가 그랬지.

그러나 세상은 결코 멈추지 않아.

시계는 멈출지언정 시간은 멈추지 않지.

바로 지금 이 순간에도.

기억은 지속되나 조금씩 어그러지며 변화되고 있어.

어쩌면 인생은 나뭇가지 위에 잘 매달려 있는

저 시계처럼 시간에 잘 매달려 있는 것이다.

추 억 과 노 래

×××

어떤 노래를 듣고 있으면 타임머신을 탄 것처럼
과거의 시간으로 돌아갈 때가 있죠.

저에게는 S.E.S.의 〈달리기〉가 그래요. 캡틴, 저는
여고를 나왔어요. 남자들의 로망이라는 세일러복
이 교복이었지만, 아마 짧은 제 인생에서 가장 시끄
럽고 더러웠던 시절이었을 거예요. 여고의 실상을
말하자면요. 교실 여기저기에 더러운 체육복이 나
뒹굴고, 총각 선생님이 수업을 들어오면 아이들은
남사스러운 눈빛을 발사하죠. 그 시절은 뒤돌아서
면 배가 고프고, 아이돌 가수라면 사족을 못 쓰는
열아홉 살이었답니다. 그때는 야간 자율 학습을 하
느라 거의 학교에서 살다시피 했는데, 늘 이 노래를

들었어요.

공부하느라 지치고 절박한 마음을 위로해주는 노래였어요. 고3 때는 고3이 인생에서 가장 힘들다고 생각했는데, 돌아보면 그만큼 행복한 시절도 없었던 것 같아요. 작은 교실에 옹기종기 모여서 친구들과 공부를 하다 보면 재미있는 일들이 소소하게 일어났으니까요.

저희 학교는 문을 연 지 50년이나 흐른 오래된 학교였어요. 그래서 학교에는 공포의 여고 괴담이 파다하고, 여고 괴담보다도 더 무서운 쥐의 출현이 잦기로 유명했죠.
그날도 밤늦게까지 공부를 하는데 조용한 분위기 속에서 찍찍 소리가 나는 거예요. 다들 펜을 놓고 매서운 눈초리로 소리가 나는 곳을 쳐다보았죠. 그때 또다시 찍찍 소리가 났어요.
그러자 반에서 목청 좀 높인다는 아이가 용감하게 소리가 나는 곳으로 걸어갔어요. 그곳에는 커다란 쥐구멍이 있었어요. 그 아이는 씨익 웃으면서 쥐구멍을 테이프로 붙였어요. 다른 아이들도 그 아이를

따라 교실을 누비며 곳곳에 쥐구멍을 막기 시작했
어요. 유일하게 한 군데만 빼고요. 한 군데는 양동
이를 엎어 막아놓았지요. 역시 아이들의 예상대로
쥐는 테이프로 막지 않은 유일한 구멍으로 빠져나
와 양동이 속에서 찍찍거렸어요.
그때 양동이 주위를 둘러싸고 씨익 웃는 아이들의
표정은 도저히 여자라고 할 수 없었답니다. 뭐, 저
도 그중에 한 명이었지만요. 그래도 여고가 남자들
의 로망 아니었나요?

캡틴, 저는 아직도 힘들 때면 S.E.S.의 〈달리기〉를
들어요. 노래를 듣고 있으면 여고 시절의 아련한 추
억이 저의 등을 쓰다듬어주는 것 같아요. 금세 마
음이 편안해지고, 긍정적인 에너지가 솟아나죠. 캡
틴도 이런 추억의 노래 있겠죠?

수 요 일 엔
빨 간   장 미 를

xxx

캬~ 추억의 노래라.

즐겁게 살아온 그 자체가 추억이지. 가만있자, 어디
기억 좀 들춰볼까?

소중히 여기는 노래가 하나 있지. 난 비와 연관이
참 많은 것 같아. 집사람을 좋아하게 됐을 때 일이
지. 내가 이래 봬도 수줍음이 많아. 그래서 좋아해
도 좋아한다고 표현을 잘 못 한다고. 우리 집사람도
처음 봤을 땐 말도 못 붙였지. 내 성격을 눈치챘는
지, 집사람이 먼저 내 화실로 몇 번 놀러 왔어.
난 집사람이 놀러 와도 멀리서 몰래몰래 훔쳐보고,
눈 마주치면 다시 그림 그리는 척하고 그랬었지.
근데 나도 이제 내 마음을 고백해야 하잖아?

어떻게 고백할까 그리 고민하다가 그때 딱 들었던 노래가 〈수요일엔 빨간 장미를〉이라는 노래야. 마침 비도 오고 내가 딱 삘이 꽂혀버린 거지. 그래서 장미꽃 한 송이를 샀어. 딱 한 송이만. 근데 또 막상 사고 보니 사내자식이 장미꽃을 들고 가서 주기가 민망하데. 거참, 쑥스럽기도 하고. 그래서 우산 위에 장미꽃을 꽂았지. 그걸 들고 집사람이 다니는 학교 앞에 가서 기다린 거야. 수업이 언제 끝나는지도 모르는데 말이야.

멀리서 집사람과 비슷한 실루엣의 여인이 걸어오면 우산을 탁 폈다가, 아니면 다시 접었다가, 또 비슷한 여인이 걸어오면 탁 피고.
지금 생각하면 진짜 웃겨. 그리 하루를 다 보냈다니까. 근데 막상 집사람을 만나서 우산을 탁 피니까 장미 고개가 꺾여서 쪼르르 떨어져버리는 거야.
내 마음으로 울었다 아이가.

역시 노래는 추억을 불러오는 타임머신!
이 나이 먹었어도 지금 젊은이들처럼 나도 젊었을 땐 다 추억이 있고 로맨스가 있었다.

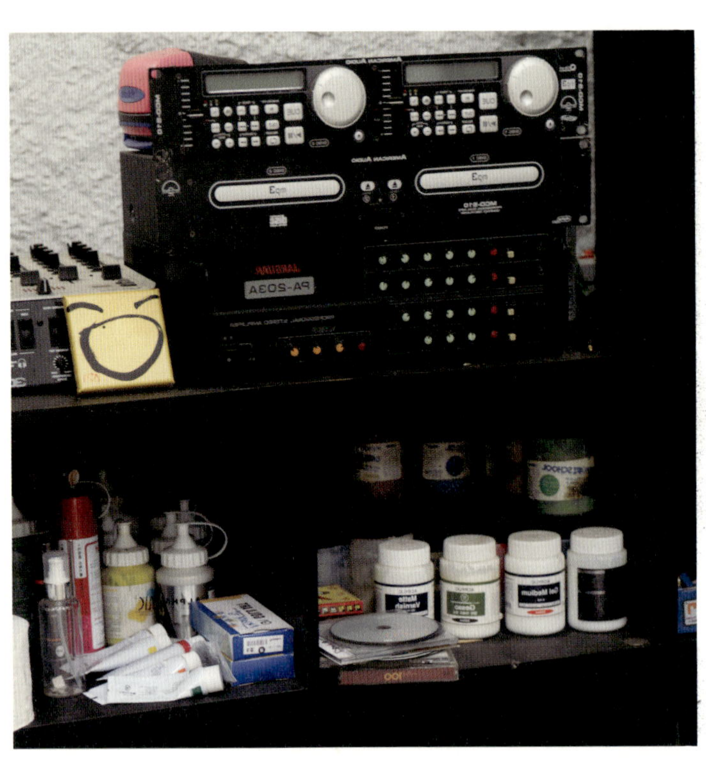

또 다른 이별

×××

숨겨진 이별은

잠복해 있던 적군처럼 튀어나와

피할 겨를도 없이, 나의 눈물샘에 창을 꽂는다.

캡틴, 저 오늘 이별했어요. 무슨 이별을 또 했냐고요? 남자와의 이별은 아니랍니다. 꼭 남자와 여자 사이에만 이별이 있는 건 아니잖아요.
직장 선배와의 이별이었어요. 남녀 사이의 이별은 언젠가 헤어질 걸 알기에 준비할 수 있지만, 그렇지 않은 이별은 예상치 못해서 더 슬플 때도 있죠. 오늘처럼요.

선배를 배웅할 때까지만 해도 아무렇지 않았어요.

그런데 오늘 저녁 파티션 너머로 횅한 자리를 보니 마음 한구석이 허전하네요.

그 선배는 사회 초년생인 제게 든든한 버팀목이 되어줬어요. 다정하고, 세심하진 않았지만 뒤에서 저를 챙겨줬던 사람이에요.

사실 저는 그 선배에게 굉장히 낯을 가렸어요. 사회에서 만난 사람은 다 똑같다는 그런 흔한 말을 믿고 있었나 봐요.

선배는 좋은 사람이었어요. 하지만 저는 마음을 표현하지 못했어요. 온전히 믿었다가 상처받을까 봐 두려웠어요. 언제나 마음 한구석에 벽을 치고 얘기했죠.

내일이 오면 선배는 자리에 없겠죠. 그다음 내일도 또 그다음 내일도요…….

이별은 누구에게나 존재해요. 단지 그 사람이 얼마나 오래 내 곁에 머물 수 있는지가 다를 뿐이죠. 이별도 반복되면 익숙해질 줄 알았어요.

나이가 들면 이별에도 덤덤할 줄 알았죠.
그런데 그게 아니라,
마음을 숨기는 가면만 더 두꺼워지는 거였어요.

캡틴은 예기치 못한 이별을 해본 적 있나요?

어 쩌 겠 어 ,
삶 의   동 반 자 인 걸

XXX

예기치 못한 이별?

뜻밖이라 놀라기는 하겠지만 이별이란 늘 있는 일 아닌가. 조만간 또 체셔나 내게로 바람처럼 다가올 녀석이지. 불편하지만 어쩌겠어, 삶의 동반자인걸.

> 살아온 시간이 길다고,
> 경험이 풍부하다고 해서
> 관계에 익숙해지지 않듯 이별도 그렇다.
> 죽음보다 더 무서운 것이 외로움이듯
> 만남보다 더 힘든 것이 이별.

참 웃긴 게 뭐냐면, 헤어지고 난 뒤에야 관계에 대해 들여다본다는 거야.

그 전까지는 관심도 없었고 알지도 못하지. 우리라는 사람들, 참 미련스럽지.
죽을 때까지 매 순간 노력하지 않으면 안 되는 게 관계인데 그걸 자꾸만 잊어. 이래서 인간을 망각의 동물이라고 하는 거겠지.
금방 후회하고 돌아서면 잊고, 또 후회하고 또 잊고…….

채서, 또 다른 이별은 이렇게 생각해보는 게 어떨까? 어렸을 적 학교 다닐 때처럼 친구가 더 좋은 곳으로 전학 간다고 생각해보는 거야. 영원한 이별도 아니고 또 만날 거잖아?
원래 인생은 그런 거다.

    비워지면

    채워지고

    끝이 있다면

    다시 새로운 게 시작되고.

캡틴도
멘토가 있나요?

×××

어느덧 마지막 편지예요. 캡틴과의 편지도 저에게
는 이별이군요. 캡틴 말대로 인생은 원래 그런 거니
까 다시 새로운 세계가 시작되겠죠?
오늘은 그동안 보냈던 편지를 정리하며 자전거 산
책을 했어요. 머리카락을 스치는 바람이 가을을 데
려오려는지, 시원한 향이 코끝을 훑고 갔어요. 그
리고 캡틴에게 마지막으로 묻고 싶은 단어가 떠올
랐죠.

'멘토'라는 단어는 저에게 굉장히 낯선 단어였어요.
상하 관계를 싫어하는 성격 탓인지, 스무 살이 훌쩍
넘어서도 저는 인생에서 딱히 '멘토와 멘티'라는 관
계를 겪어본 적이 없죠.

그러던 어느 날 디자인이 전공인 제가 다른 과 수업을 듣게 된 적이 있어요. 지겨운 전공 수업을 피해서 단순히 재미있는 수업을 찾다 만나게 된 수업이었어요.

동화 속 캐릭터를 분석하는 수업이었는데, 강의 시간 동안 배운다기보다는 재미있는 얘기를 듣는다는 느낌이었어요.
강의를 진행하는 선생님은 나이를 가늠할 수 없는 소녀 취향의 옷을 입고, 발랄한 손동작과 몸짓으로 이야기를 이끌었어요. 그 수업을 들었을 때가 하얀 겨울쯤이었는데, 그녀는 항상 〈겨울아이〉 노래를 콧소리로 흥얼거리며 강의실을 콩콩 뛰어다녔어요. 그러나 발랄하고 가벼운 목소리와는 다르게 그녀가 했던 말은 마음을 콕콕 건드려서 저녁 무렵에는 머릿속을 빙빙 돌아다녔어요. 그중에서 아직까지도 기억에 남는 두 마디가 있어요. 모두 꿈에 관한 내용이었어요.

"꿈은 풍선처럼 가벼워서 공기 위를 폴폴 날아다녀야 하는데, 요즘 아이들의 꿈은 너무 무거워서 지하로 깊게 깊게 가라앉고 있어. 그게 너무 슬퍼."

"누구나 마음속에 작은 불씨를 갖고 태어나. 그 작

은 불씨는 꿈이라는 건데 누군가는 그걸 보고 '호' 불어서 불씨를 키워주고, 누군가는 그걸 보고 '후' 불어서 꺼버리기도 하지. 꼭 '호' 불어서 불씨를 키워주는 사람을 옆에 두도록 해. 혹시, '후' 불어서 불씨를 꺼버리는 사람이 나이더라도 피해야 해."

헤어질 때, 그녀는 저에게 '잘 가렴. 우리 좋은 친구가 되자.'라고 말했어요. 저는 고개를 끄덕이며 그녀의 방을 나왔죠. 뒤돌아서 학교 계단을 내려올 때까지 내내 그녀가 저에게 하지 않은 마음속 이야기가 들리는 것만 같았어요.

저는 따뜻한 그녀의 손을 잡고 숲 속을 걸어가고 있었어요. 그러다 갈림길 앞에서 그녀는 저의 손을 놓으며 포근한 미소로 배웅했죠. '여기서부터는 너 혼자 가야 해, 잘 다녀오렴.' 하고 말하는 그녀의 목소리가 들리는 것만 같았어요.
캡틴, 멘토와 멘티의 관계는 어떤 걸까요?

내 운명에
돌을 던진 그 사람

xxx

멘토는 내 운명의 화두를 던졌다.

실업계 야간 고등학교를 다녔어. 화가는 되고 싶은
데 돈을 벌어야 해서 그랬지. 그때 내 직업은 세 가
지였어. 아니다. 학생까지 네 가지. 그때도 내 꿈은
오로지 화가였어.

그래서 미술 선생님은 그 자체만으로도 내 흠모의
대상이었던 거야. 청소를 할 때도 다른 선생님 책상
은 대충 닦는데, 그 선생님 책상은 살살살 정성 들
여 닦았지.

그러던 어느 날 연탄불을 갈고 있는데 미술 선생님
이 오라고 손짓을 하는 거야. 그 선생님이 누구한테
말하는 걸 못 봤거든. 순간 내가 뭘 잘못했나 걱정

되잖아. 그런데도 좋은 거야. 희한한 일이지. 그 선생님이랑 딱 마주 섰는데 갑자기 말도 못 하겠고, 숨도 못 쉬겠고. 심장도 벌렁벌렁하고. 그만큼 내가 우러러봤던 거지. 그런데 미술 선생님은 나에게 딱 한마디 하셨어.

그림 그려!

나한테 말한 건 그게 끝이야. 근데 그 순간 '댕' 하더라니까. 뭔가 내 마음에 진동이 온 거야. 미술 선생님이 내 운명에 돌을 던진 거지.
그분이 내 인생에서 유일한 멘토야. 내가 결정적으로 화가의 길을 갈 수 있게 해준 힘이고, 방향이었지.

**나도 누군가의 인생에
정직한 돌을 던지고 싶다.**

그래서 난 그림을 그리지. 더 열심히 그리는 거야. 어떤 의미를 부여해서라기보다는 사람들이 내 그림을 보고 의문을 갖고 인생에 대해서 배우면 난 그것으로 기쁘거든. 내가 제대로 살아가고 있다는 걸 느끼는 거지.

그게 또 내 존재의 이유고,

내 역할이고,

화가의 소명이지.

이 세상 모든 체서들에게

두려워 말고
끙끙대지 말고
가둬놓지 말고
내가 하고 싶은 거 다하고
마음이 이끄는 대로 사는 거야.
딴짓 좀 하면 어때?

내가 좋으면 그만이지.
내 인생 내 거니까.
고민하지 말고

이왕이면 스마일 :)

캡틴!
부랴부랴 준비하느라 굶고 왔는데,

캡틴이 해준 밥 먹고
몸도 마음도 '스마일' 했어요.
스마일 그리는 화가가 아니라
밥해주는 화가 아니에요?

진짜 마지막이라니,
새삼, 캡틴의 아틀리에 입구에 쓰여 있는 문구가
생각나는데요?

'아무나 오소!' 말인가?

길 가다가 심심할 때
혼자라서 외로울 때
우울해서 배고플 때
지나가다 들르라고~

자, 그럼. 헤어져야지.
뭐 더 할 말 있나?

I like smile!
××××××

손병호 배우, 방송인

이목을은 쉬지 않는 사람이다. 세상의 시선을 고정
하지 않고, 항상 생각하고 변화하려는 나의 친구이
다. 때로는 앙증맞게, 투박하게, 고혹하게, 교태 있
게 그림을 그려내는 이목을 화백의 따뜻한 스마일
을 통해 우린 커다란 보물을 챙겨갈 것이다.

신성우 가수, 배우

마음속의 구상을 어떻게 현실로 펼칠까? 이는 아마
도 모든 예술가의 끝없는 고민일 것이다. 이목을 화
가의 스마일을 보면서 그러한 고민을 담담하고 단
순하게 표현했음에도, 의미가 쉽게 공감될 수 있다
는 것에 많은 감동을 받았다.

박금준 디자이너, 601비상 대표

스마일 화가 이목을과 호기 어린 아가씨의 만남. 그
들의 발칙한 상상과 제법 진지한 삶과 예술에 관한
수다는 팍팍한 일상을 따뜻하게 보듬는다.
나는 이 책에서 노곤한 하루 끝에 시원한 맥주 같은
바람을 만난다.

최일도 목사, 시인, 다일공동체 대표

진실로 삶다운 삶을 산다는 것은 이렇게 작은 것에 담긴 미소와 일상 가운데 있다. 우리의 웃음이란 이렇게 작은 것이 아름답다는 진실에 담겨 있으므로. 스마일 화가 이목을의 책 속에는 작지만 큰 감동이 가득하고 소소한 행복이 깔려 있다. 밥맛없는 사람들과 살맛 나지 않는다는 사람들에게 이 책을 권하고 싶다. 밥퍼목사처럼 이 책을 펴고 맛있게 웃으면서 아름다운 미소만으로도 저절로 배가 부르는 체험을 할 수 있을 것이다.

이재연 모델라인 회장

이목을 화가의 단순한 선이 이루는 스마일의 세계를 통해서 눈으로만 보게 되는 시각적인 감각이 아니라 마음속의 눈, 생각 속의 눈으로 세상을 바라보는 새로운 경험을 하게 되었다. 선으로 만들어진 표정은 눈으로 보고 담기에 이미 많은 얘기를 하고 있다.

그의 쾌활하고 담백한, 그러나 의미 있는 생각을 아무쪼록 많은 사람들과 나누길 바란다.

스마일 화가와
시크한 고양이의

청춘만담

글 | 이목을
사진 | 김기연
체서 | 김경애

초판 1쇄 발행 | 2014년 10월 13일

펴낸이 | 신난향
편집위원 | 박영배
펴낸곳 | (주)맥스교육(맥스미디어)
출판등록 | 2011년 08월 17일(제 321-2011-000157호)
주소 | 서울특별시 서초구 논현로 83 삼호물산 빌딩 A동 4층
전화 | 02-589-5133(대표전화)　팩스 | 02-589-5088
홈페이지 | www.maksmedia.co.kr

편집이사 | 이성주
기획 · 편집 | 이수연 김경애 최정미
디자인 | 이경미 이수현 이귀영
영업 · 마케팅 | 이일권 김찬우 박해수
경영지원팀 | 장주열
인쇄 | 삼보아트

ISBN 979-11-5571-153-8 13810
정가 14,800원

*이 책의 내용을 일부 또는 전부를 재사용하려면 반드시 (주)맥스교육(맥스미디어)의
　동의를 얻어야 합니다.

*이 도서의 국립중앙도서관 출판시도서목록(CIP)은 e-CIP홈페이지(http://www.nl.go.kr/ecip)와
　국가자료공동목록시스템(http://www.nl.go.kr/kolisner)에서 이용하실 수 있습니다.
　(CIP제어번호 : CIP 2014027348)

*잘못된 책은 바꾸어 드립니다.